Karl Friedrich Umpfenbach

Des Volkes Erbe

Antigonos

Karl Friedrich Umpfenbach

Des Volkes Erbe

Unveränderter Nachdruck der Originalausgabe von 1874.

1. Auflage 2024 | ISBN: 978-3-38643-335-8

Antigonos Verlag ist ein Imprint der Outlook Verlagsgesellschaft mbH.

Verlag: Outlook Verlag GmbH, Zeilweg 44, 60439 Frankfurt, Deutschland
Vertretungsberechtigt: E. Roepke, Zeilweg 44, 60439 Frankfurt, Deutschland
Druck: Libri Plureos GmbH, Friedensallee 273, 22763 Hamburg, Deutschland

Des

Volkes Erbe.

Von

Dr. Karl Umpfenbach,

ord. öff. Professor der Staatswissenschaften an der Universität zu Königsberg.

Berlin.

Weidmannsche Buchhandlung.

1874.

Inhalt.

Erstes Kapitel

Der Unterhalt.

Seit Jahrtausenden und Jahrtausenden kämpft die Menschheit mit einem Feinde der, gewaltig und unversöhnlich, immer aufs Neue an sie herantritt — mit dem Mangel an Unterhaltsmitteln. Und seit Jahrtausenden ist dieser Kampf mit dem gewaltigen, unversöhnlichen Feinde, der uns auszurotten droht, immer siegreicher und aussichtsvoller geworden*). Kein Zweifel kann darüber bestehen, daß die Fülle der Widerstandsmittel, welche wir aufbieten konnten, von Epoche zu Epoche größer geworden ist, kein Zweifel darüber, daß die Thatsache der Existenz und Fortexistenz des Menschengeschlechtes, allen einzelnen überhaupt bekannten Vernichtungsgefahren gegenüber, stets stärkere Bürgschaften gewonnen hat. Das Feld, auf welchem die Menschheit um ihr Bestehen und Gedeihen kämpft, ist der Erdboden, und dieser Erdboden ist ebensowohl ihr größter Gegner als ihr größter Verbündeter. Furchtbar und dräuend empfängt er das erste menschliche Auftreten. Aus dem ersten organischen Lebenskeim losgerungen, hat dieses sofort schon die bittersten, daseinsbedrohenden Einflüsse der Natur zu empfinden. In Frost und Hitze, in Dürre und Nässe, in der pfadlosen Wildniß erfüllt mit einer gefährlichen Thierwelt brechen die Schrecknisse der Natur über den Menschen herein, welcher seinerseits unter dem positiven Gefühle der Entbehrung eben diese selbe

---

*) Vgl. Umpfenbach, Volkswirthschaftslehre § 7, 36.

Natur sich dienstbar machen möchte, um seinen Hunger und Durst zu stillen, um seine Blöße zu bedecken, um überhaupt seine Bedürfnisse zu befriedigen.

Nur Schritt für Schritt, mit so manchem Rückschritte zwischenburch, nur sehr allmählig gelingt es der Kraft des menschlichen Wirthschaftens die an und in dem Erbboden wirksamen Naturkräfte so zu lenken, wie es für eine gesichertere und ausgedehntere Bedürfnißbefriedigung erforderlich ist. Aber es gelingt. Die Blätter der Geschichte bezeugen es, wie das Wirthschaftsleben und das ganze Kulturleben der Menschheit, parallel und einander wechselseitig beeinflussend, vorangeschritten sind. Wie die Menschheit, als Ganzes betrachtet, soweit der Blick aus der Gegenwart in die Vergangenheit zurückreicht, immer reicher, mächtiger und freier aus der Naturnothwendigkeit herausgewachsen ist, so darf sie getrost von einer unabsehbar weiten Zukunft erwarten, daß dieser Entwicklungsgang in rastloser, mit immer besseren Impulsen und Hülfsmitteln ausgerüsteter Arbeit sich fort und fort bis zur Erreichung des letzten Zieles vollenden werde.

Inmitten dieser steigenden Gesammtentwicklung entsteht nun die schwerwiegende Frage, wie das Geschick der einzelnen Menschen, welche zusammen die menschliche Bevölkerung bilden, sich dabei gestalte. Wenn man Siege erringt, so denkt man billig nicht nur der gewonnenen Erfolge, sondern auch der Opfer an Gut und Blut, an Lebensglück aller Art, welche der Sieg in den Reihen der Kampfesgenossen forderte. Man schätzt einen Sieg um so höher und freut sich seiner um so mehr, je kleiner und je weniger schmerzlich die Lücken sind, welche er in den Schaaren der Streiter gerissen hat. Die von den Kulturkämpfen der Menschheit errungenen Siege haben schon unsäglich schwere Opfer von den Einzelnen verlangt. Die Geschichte, welche uns eine steigende Entwicklung der Menschheit im Ganzen zeigt, zeigt uns zugleich im Einzelnen ein wahrhaft entsetzliches Chaos von Blut und Gräueln aller Art, eine erschreckende Zahl von zertretenen und vorzeitig gebrochenen Einzelexistenzen. Soll in diesem Verhalten überhaupt ein Sinn liegen, soll nicht die Gesammtentwicklung zum nackten Hohn werden, so muß es möglich sein, daß neue und höhere Kulturepochen ihre Ziele

erreichen, indem sie, verglichen mit den früheren, eine geringer wer=
dende Procentziffer der gleichzeitig Lebenden nachtheilig berühren.
Nur mit einem Gefühle von Scham und Verzweiflung, nur mit
einem dumpfen und alle weitere Entwicklungsmöglichkeit eigentlich
negirenden Fatalismus könnten wir auf einen Daseinszustand der
Menschheit schauen, welcher ausschlösse, daß von Epoche zu Epoche
die Zahl und das Elend derer abnehmen kann, welche dem Kultur=
fortschritt ihrer Zeit zum Opfer gefallen sind, ohne an dem Kultur=
ergebniß ihren Antheil gehabt zu haben.

So einfach und bestimmt sich für die Gesammtkulturentwick=
lung der Menschheit das Facit des Besserwerdens ziehen läßt, so
wenig klar ist auf Grund der vorhandenen geschichtlichen und stati=
stischen Belege die andere Frage beantwortet. Allerdings liegen An=
haltspunkte vor, welche eine bejahende Beantwortung nahe zu rücken
scheinen. Schon aus einem bereits angedeuteten logischen Grunde
könnte man so zu schließen versuchen. Wo sollten denn die hin=
länglich starken Triebkräfte für die menschliche Gesammtentwicklung
herkommen, wenn für die stets höher gesteckten Kulturaufgaben nicht
eine sowohl an sich wachsende als auch der Aufgabe gewachsenere
Fülle von Individualkräften zur Verfügung stünde? Die bloße
Thatsache des Gesammtfortschrittes wiegt an und für sich doch schon
schwer für die Annahme, daß der Procentsatz der Verkümmerung
von Einzelexistenzen im Abnehmen begriffen sein könne. Nicht min=
der drängt zu dieser Annahme die große Menge von äußeren Wahr=
nehmungen hin, welche, wenn auch keineswegs zu der Allumfassend=
heit einer historisch=statistischen Beweiskraft gediehen, doch in so wich=
tigen und charakteristischen Gebieten der menschlichen Lebenshaltung
vorliegen, daß man sich ganz unwillkührlich auf den Schluß der
Analogie für alle übrigen die menschliche Einzelexistenz berührenden
Gebiete hingewiesen glaubt. Fast Jedermann weiß ja, um hier
nur Einiges anzudeuten, wie viel Hungersnöthe, Epidemieen, Feuers=
brünste, Ueberschwemmungen an menschenverheerender Wirkung ver=
loren haben, wie sehr der Kulturgang die Thrannei des Sklaven=
halters, die Willkühr des Mächtigen, die Fehden, Räubereien und
Mördereien verschiedenster Art zurückgedrängt hat, in welch zahl=
reichen Fällen überhaupt die Bedrohungen des Lebens und der Wohl=

fahrt der einzelnen Menschen abgenommen haben, ohne daß entsprechend neue an deren Stelle getreten wären.

Es kann hier nicht gemeint sein, die angedeuteten oder gar noch alle übrigen einschlägigen Seiten der Sache ab ovo aufzunehmen und in näheren Betracht zu ziehen. Es soll vielmehr, in dem Versuche einen Beitrag zur Beantwortung der Frage zu liefern, das kulturbedingende und kulturbedingte Wirthschaftsleben herausgegriffen und vorangestellt werden, um daran, bei der fundamentalen und weitumfassenden Bedeutung die es hat, einige weitere und sich fast ganz von selbst aufdrängende Ausführungen anzuschließen.

––––––

An die Spitze der weiteren Betrachtung tritt nun der Satz:

Je höher die Kulturentwicklung steigt, desto schwieriger wird es für den einzelnen Menschen, sich mit seinen angeborenen Fähigkeiten auf der jedesmaligen Höhe des Erwerbslebens zu halten.

Dieser Satz, den Manche für paradox, Andere für trivial halten werden, muß einer genauen Prüfung unterliegen, theils um ihn selbst gehörig zu begründen, theils um mit Folgerichtigkeit die Schlüsse zu gewinnen, welche von so großer Wichtigkeit für das aufgeworfene Problem sind.

Dem Erdboden, auf welchem wir leben, tritt die menschliche Fähigkeit gegenüber, um ihn zu beherrschen und für unsere Zwecke zu gestalten. Wir werden demgemäß zu unterscheiden haben:

1) den Erdboden und diesen wieder mit allen darin und darauf befindlichen Stoffen und Kräften, je nachdem er:

a) von Natur allein vorhanden

b) durch Menschenkunst umgestaltet ist;

2) die menschliche Fähigkeit und zwar diese wieder, je nachdem sie:

a) ursprünglich angeboren,

b) kulturmäßig angeboren,

c) kulturmäßig anerzogen ist.

Indem die ursprünglich angeborene menschliche Fähigkeit sich als Arbeit bethätigt und auf den Erdboden wirkt, welcher ursprünglich nichts Anderes ist als die ganze der wirthschaftlichen Ausbeutung zugängliche Natur, wird nicht nur der Erdboden mehr und mehr zum Kunstprodukte, indem er die menschliche Einwirkung in sich aufnimmt, sondern auch der Mensch mehr und mehr zum Kunstproducenten, indem er seine Fähigkeit durch die gebändigte und in seine Person aufgenommene Natur verstärkt.

Das wirthschaftliche Medium, durch welches dieser Einverleibungsproceß der Arbeit in die Natur und der Natur in die Arbeit sich vollzieht, ist das Kapital. Jeder neue wirthschaftliche Voranschritt der Menschen offenbart sich in erhöhtem Wachsthume des Kapitals, in zunehmender wechselseitiger Durchdringung der Arbeit und der Natur.

Verstehen wir unter Erwerbsspielraum das ganze Bereich der, je auf einer bestimmten Entwicklungsstufe, möglichen wirthschaftlichen Produktion, so kommt hierunter das quantitative und das qualitative Verhalten des Erdbodens und der menschlichen Fähigkeit in Betracht.

Der Erdboden ist, quantitativ betrachtet, keiner Vergrößerung fähig, er bleibt sich absolut gleich, wird sogar relativ kleiner, weil auf und aus ihm einer wachsenden Menschenmenge wachsende Bedürfnisse zu befriedigen sind. Diesem relativen quantitativen Kleinerwerden des Erdbodens gegenüber der dichter und anspruchsvoller andrängenden Bevölkerung entspricht aber eine qualitative Ausdehnungsfähigkeit ohne jede absehbare Grenze.

Ist die einmal vorhandene Masse von Thonerde, Eisen, Kieselerde, Kohlenstoff, Stickstoff ꝛc. ꝛc. (wenn nicht an die gleich außer Acht zu lassende Möglichkeit überplanetarischer Einwirkung gedacht wird) in keiner Weise weiter vermehrbar, so ist sie dafür durch neue Gruppirung der Stoffmassen so lange neu hinzutretender Wirksamkeit fähig, als jedes Stoffatom noch nicht jede mögliche Kombinirung mit jedem anderen Stoffatom durchgemacht hat. Es sind immer dieselben Stoffe wenn man auf die Umgestaltungen hinsieht: einmal ein starres unzugängliches Felsengewirre, dann eine glatte bequeme Straße, einmal Urwald, Steine, Sandlager, dann fruchtbare Felder, bewohnbare Häuser mit allen Einrichtungen, einmal todtes Erz- und Kohlenlager, dann die treibende Dampfmaschine, der Webstuhl, der Telegraph, das Schiff, welches die Meere durchfurchen kann, einmal die schadenbringenden Wildthiere, dann die Heerden zahmer nutzbringender Hausthiere —, Alles, was man in diesen und tausenden anderer Beispielen erblickt, ist lediglich die durch vermehrte Kombination der Atome gesteigerte qualitative Wirksamkeit des Erdbodens.

Im Großen und Ganzen, d. h. wenn man die einzelnen vorkommenden Rückschläge im Gesammtdurchschnitte aufgehen läßt, finden also die späteren menschlichen Generationen einen durch die verbesserte Qualität ergiebigeren Erdboden vor, als die früheren.

Diese durch die Leistungsfähigkeit je der früheren Generationen je den späteren Generationen überlieferte größere Ergiebigkeit des Erdbodens muß, soweit unsere Anschauung reicht, einmal auf die durch Bevölkerungzunahme erfolgende stärkere quantitative Leistungsfähigkeit der Menschen zurückgeführt werden. Nicht etwa, als ob dies nothwendig immer gewesen sei und für alle Zukunft sein müsse. Aber thatsächlich finden wir, nach Allem was innerhalb unseres Gesichtskreises vorliegt, daß die erhöhte wirthschaftliche Leistungsfähigkeit sich unter der Einwirkung einer zunehmenden Bevölkerung vollzogen hat. So ist die Bevölkerung auf dem Areal, welches das römische Weltreich zur Imperatorenzeit umfaßte, jetzt um mehr als die Hälfte größer, wie damals. So übersteigt die Bevölkerung in den Ländern, welche von der europäischen Kultur besiedelt sind, gegenwärtig um das Doppelte die Bevölkerung, welche vor einem Jahrhundert auf dem gleichen Areal lebte und um ein steigendes Vielfaches, wenn man noch weiter zurückgreift, während von einem bevorstehenden Stillstande nichts zu merken ist, sondern deutlich genug, namentlich in den noch dünnbesiedelten Ländern Nord-Amerikas und Australiens, wahrgenommen werden kann, wie das Anschwellen der Bevölkerung massenhafte Steigerung der wirthschaftlichen Kräfte zur Folge hat. Wie schon gesagt, ist diese Richtung der Bevölkerungsbewegung keine mit Nothwendigkeit gegebene. Es ist sehr wohl möglich, daß die Tendenz einer Bevölkerungsabnahme die Oberhand gewinne und daß dann bei quantitativ geminderter menschheitlicher Leistungskraft, deren fortdauernde Zunahme lediglich von dem qualitativen Momente erwartet werden kann. Daß dieses im Stande ist für die ganze Menschheit das Gleiche zu leisten, was, wie wir tagtäglich beobachten können, in kleineren Kreisen von ihm geleistet wird, haben wir wohl keinen Grund zu bezweifeln.

Für uns hat übrigens dieses nach vielen Seiten hin hoch interessante Problem hier nur insofern Bedeutung, als es mit der zu erörternden Frage zusammenhängt, wie das wirthschaftliche Schicksal der einzelnen Menschen sich inmitten der Gesammtentwicklung gestaltet.

Daß die qualitative Leistungsfähigkeit des menschlichen Geschlechtes im Laufe der Kulturentwicklung zunimmt, ist schon mit diesem Namen selbst gesagt. Jede höhere Kulturstufe kennzeichnet sich vor der vorhergehenden niederen gerade dadurch, daß die Erkenntnisse und Bethätigungen der Menschen vollkommener geworden sind. Auf dieser wachsenden Vervollkommnung der Wissensschätze in der Chemie, Physik, Geognosie, Mathematik, Mechanik 2c. beruht es ja, daß der Erdboden ohne absehbares Ende durch Menscheneinwirkung immer ergiebiger werden kann. Die quantitativ gesteigerte menschliche Einwirkung bringt dies nicht fertig; sie sieht sich jedesmal wieder an eine bald erreichte und für sie nicht überschreitbare Grenze des wirthschaftlichen Wachsthums gestellt; was die Grenzen immer wieder niederreißt, wenn sich solche aufthürmen wollen, ist eben die qualitativ steigende menschliche Leistungsfähigkeit. So lange die Menschen noch irgend ein unbekanntes Irdisches zu erkennen übrig haben, so lange kann das qualitative Steigen der Leistungsfähigkeit nicht aufhören*).

Das Ideal des harmonischen wirthschaftlichen Verhaltens unter den Menschen wäre nun offenbar, wenn sie es dahin bringen könnten, daß die jederzeit vorhandene quantitative Leistungskraft von lauter qualitativ gleich starken, wenn auch in verschiedener Richtung der Begabung gearteten, Einzelkräften zusammengesetzt würde. Es ist aber sofort klar, daß daran nie zu denken ist, weil über den

---

*) Vgl. Umpfenbach, Volkswirthschaftslehre § 37 fg.

„Zufall" der Geburt, welcher die Menschen mit verschiedener indi=
vidueller Begabung ausstattet, nicht hinwegzukommen ist. Ueber=
dies muß noch dazu bemerkt werden, daß dieser Harmoniezustand,
wenn überhaupt möglich, doch nur dann praktisch erwünscht sein
könnte, wenn die Gesammtentwicklungsstufe bereits so hoch gewor=
den wäre, daß der Sporn des Vorandrängens, welcher in der wirth=
schaftlichen Ungleichheit der Einzelnen liegt, nun für die Weiterent=
wicklung ebenso unbedenklich entbehrt werden könnte, wie er früher
dafür unbedingt nothwendig war*).

Wird also ganz und gar von einer ursprünglich angeborenen
gleichen individuellen Begabung der Menschen abstrahirt, so kommt
nunmehr die kulturmäßig angeborene und kulturmäßig anerzogene
individuelle Begabung zur Sprache.

Ueber die erstere von beiden kann kurz hinweggegangen werden.
Daß kulturmäßig gewonnene Eigenschaften, sei es bei Pflanzen, bei
Thieren, sei es beim Menschen selbst, auf die Nachkommenschaft
fortgepflanzt werden können, ist eine bekannte Thatsache, wenn
wir auch über die innere Gesetzmäßigkeit des Vorganges noch sehr
im Dunkeln sind. Es verliert sich daher die kulturmäßig angeborene
Begabung einerseits mit der ursprünglich angeborenen im „Zufall
der Geburt", während sie auf der anderen Seite mit der kultur=
mäßig anerzogenen Begabung sich berührt und in deren Betrach=
tung mit zu erledigen ist. Es wird hierfür etwas weiter auszu=
holen sein.

Will man den Entwicklungsproceß des menschlichen Wirthschaf=
tens von seinen ersten Anfängen an verfolgen, so kann mit keinem
anderen Ausgangspunkt begonnen werden, als mit dem Beginn des
Eigenthums unter den Menschen. Denn es läßt sich unbedenklich
sagen, daß nur in und mit dem Eigenthume das Menschthum selbst
erwachsen konnte. Die Impulse der menschlichen Fortentwicklung
sind die Bedürfnisse und die Arbeitstheilung, das Eigenthum aber
ist ihr Vertreter im Verkehr, ohne den die Menschen in ihrer
Lebenshaltung niemals über die Armseligkeit und Niedrigkeit des
Thierthums hinauskommen könnten**).

---

*) Vgl. Umpfenbach, a. W. § 101 fg.
**) Vgl. Umpfenbach, a. W. § 9, 43 fg.

Freilich wird Niemand sich dem Wahne hingeben, als sei das Eigenthum, dessen Vorhandensein hinter die ersten Spuren aller geschichtlichen Kunde hinaufreicht, sogleich als eine geregelt durchgebildete und die wirthschaftlichen Beziehungen ausschließlich tragende Institution unter die Menschen gekommen. Fehlt ja dieser Institution bis auf die Gegenwart herunter noch so sehr viel an Idealvollkommenheit. Um so weniger dürfen wir uns wundern, wenn das Eigenthum, welches seinem Wesen nach die Verfügungsbefugniß über denjenigen Vorrath wirthschaftlicher Güter begreift, der Jedem nach wirthschaftlichem Verdienste gebührt, beim ersten Auftreten so viel und so schwer durch Uebervortheilung beeinträchtigt wird. Wer durch Klugheit und Stärke am meisten hervorragt unter seinen Mitmenschen, hat die Gewalt über sie. Als der Tüchtigste auf der Jagd seinen hungernden Mitgeschöpfen triumphirend die ihm überflüssige Beute hinwarf und sie, welche zitternd und anstaunend die ersehnte Gabe verzehrten, in Tönen anschrie, die wir wohl kaum als menschliche Sprache bezeichnen würden, war der erste König fertig. Gern folgten sie seinen glückverheißenden Spuren auf die Jagd, nothgedrungen fügten sie sich seinen Weisungen und er, welcher gelegentlich wohl dafür sorgte, daß der einem Jeden zufallende Antheil an der Jagdbeute nicht willkührlich von Andern geschmälert wurde, kannte selbst doch kein Eigenthum der Uebrigen, als dasjenige was er selbst unerkannte. Diese Duodezkönige, Häuptlinge, Feudalherren, Landesfürsten ꝛc. sind immer nur die Inhaber der augenblicklich in dem betreffenden Bereiche größten Gewalt, der sich weniger oder mehr Vernunft hinzugesellt um, damit zusammen, weniger oder mehr vollkommenes Recht überhaupt, und Eigenthumsrecht insbesondere, allmählig entstehen zu lassen.

Was an der Grenze von Thierthum und Menschthum die Einen höher oder tiefer stellt als die Anderen ist lediglich die angeborene Begabung, worunter wir hier, wo von kulturmäßig bildenden Einflüssen noch keine Rede sein kann, die Summe von Eigenschaften zu verstehen haben, welche einem ins Alter der Reife getretenen Individuum kraft seiner Herkunft gehören. Wenige Generationen später mag dies schon ganz merklich geändert sein. Auf den Sohn oder Enkel des tüchtigeren und wirthschaftlich emporkommenden Jägers, Fischers 2c. sind, leicht möglich, schon kulturmäßig erworbene Fähigkeiten des Stammvaters durch die Geburt fortgepflanzt worden. Allein auch davon abgesehen, wird den Sprößlingen der Begabteren die Erziehung, Lehre und Unterweisung geschickterer Lehrmeister zu Theil geworden sein. Und ferner kommt den Nachkommen begabterer Vorfahren zu Statten, daß sie in dem von den Vorfahren erworbenen Eigenthum an Geräthschaften, Vorräthen 2c. ein Kapital erhalten, was ihnen gestattet in dem wirthschaftlichen Wettlaufe noch rascher und erfolgreicher voranzukommen. In diesem Vertheilungsprincip der individuellen Bildung und des individuellen Eigenthums, welches gleich dem Naturgesetze der Schwerkraft, seine Wirkung von Generation zu Generation steigert, liegt schon dann die Tendenz, daß die Zurückbleibenden immer weiter zurückbleiben, die Vorankommenden immer weiter vorankommen müssen, wenn man für die Gesammtheit der Bevölkerung selbst nur einen stationären Zustand der ganzen Güterschaffung annehmen wollte. Der jedesmal neuproducirte, von Epoche zu Epoche sich gleich bleibende Gesammtgütervorrath müßte schon unter dieser Voraussetzung auf die Länge der Zeit in immer ungleicheren Portionen unter die Einzelwirthschaften vertheilt werden. Wir dürfen diese Voraussetzung insofern als für unseren weiteren Gang irrelevant fallen lassen, weil, wenn sie in der That einmal nicht als blos vorübergehende, sondern als dauernde Erscheinung praktisch möglich würde, damit der Möglichkeit menschlichen Fortexistirens überhaupt ein bald erreichtes Ziel gesteckt wäre.

Mit einer ganz anderen lebendigen Kraft und Schärfe tritt das disharmonische Vertheilungsprincip bei fortschreitender Zunahme der Gesammtproduction auf. Die Erde giebt der anstrebenden Arbeit der Menschen immer mehr und Reicheres, aber sie verlangt auch von der Arbeit stets mehr und Höheres. Sie stellt der, in der Zahl der Arbeiter wachsenden, Quantität der Erwerbskraft ein sich fortwährend vergrößerndes Produktionsquantum auf den Kopf des Einzelnen zur Verfügung, allein sie thut dies nur unter der Voraussetzung, daß die neue Quantität der Arbeit von einer neuen Qualität derselben getragen wurde. Und wie dies für die Entwicklungsstufe im Ganzen gilt, daß ihr nur deßhalb eine

größere Gütermenge auf den Kopf der Bevölkerung zur Verfügung
gestellt werden kann, weil die Qualität ihrer Erwerbskraft höher
geworden ist, so kann auch die jeder Entwicklungsstufe entsprechende
Kopfquote dem Einzelnen nur dann wirklich zu Theil werden, wenn
seine individuelle Erwerbskraft parallel mit derjenigen der ganzen
Stufe gestiegen ist. Im Anfange giebt es bei dünner, unkultivirter
Bevölkerung für den Einzelnen viel beherrschbaren Naturraum, aber
wenig beherrschbare Naturkräfte darin, so zwar, daß nur eine sehr
arme und einfache Produktion möglich ist. Indem die Bevölkerung
an Zahl und Erkenntniß wächst, giebt es für den Einzelnen zwar
immer weniger beherrschbaren Naturraum, aber dafür desto über=
wiegend mehr beherrschbare Naturkräfte darin, auf deren richtige direkte
oder indirekte Erfassung und Benutzung er zur Steigerung seiner
Produktion hingewiesen ist. Der Gelegenheiten zum wirthschaftlichen
Empor= und Fortkommen bietet der Erwerbsspielraum mit steigender
Kulturstufe immer mehr, aber er wird auch verwickelter und durch
ein sich verdichtendes Netz von Mittelbarkeiten schwerer zu bewältigen.
Zu den größeren Aussichten, welche der Erwerbsspielraum höherer
Kulturstufen dem Einzelnen gewährt, gehört auch ein entsprechend
größeres und mit steigendem Nachdrucke sich geltend machendes Maß
von Wachsamkeit, Gewandtheit, Kenntniß, Energie, um die Aus=
sichten beherrschen und benutzen zu können.

Es läßt sich nunmehr übersehen, wie die obenerwähnte Ten=
denz wachsender Ungleichheit an Bildung und Vermögen unter den
Menschen durch einen Entwickelungsgang geschärft und gesteigert
wird, welcher immer höhere Ansprüche an die individuelle Leistungs=
fähigkeit stellt, während diese doch, weit entfernt bei allen Indivi=
duen gleichmäßig zuzunehmen, gerade im Gegentheile schroffer
werdende Differenzen im Voraneilen und Zurückbleiben der Einzel=
wirthschaften aufweist, indem fortdauernd an die relativ Schwächer=
werdenden relativ schwieriger zu erfüllende Aufgaben gestellt werden.

Ehe jedoch dazu übergegangen werden kann, die disharmo=
nische wirthschaftliche Vertheilungstendenz bis in ihre letzten Konse=
quenzen und bis herab zur Gegenwart zu verfolgen, um die für
diese resultirenden Nutzanwendungen zu ziehen, muß der Einfluß noch
eines Moments hier eingeschaltet werden, welches oben schon be=

rührt, aber dort nicht weiter ausgeführt wurde. Gemeint ist damit der Einfluß der Gewalt auf das Werden der wirthschaftlichen Dinge. Es ist nicht blos das Eigenthum durch dessen willkührliches Antasten, und zwar auf den niedersten Stufen am Meisten, die Freiheitssphäre von Einzelwirthschaften gekränkt wird, es ist auch die Persönlichkeit der Menschen selbst, welcher die Gefahr von Freiheitsantastungen droht. Wo Menschen in ihren Bestrebungen aufeinanderdrängen und Konflikte unter sich entstehen sehen, da entscheidet, insofern noch keine genügende Rechtsordnung besteht und gehandhabt wird, die Gewalt. Wo es am wildesten hergeht, da wird der unterliegende Gegner kurzweg getödtet, wohl gar noch aufgezehrt. Wo der Kannibalismus abkommt, schont man besten Falles das Leben des Niedergeworfenen und greift nach Gutdünken in sein Eigenthum. Daß man den überwundenen und am Leben gelassenen Gegner auch seiner persönlichen Freiheit beraubt, gehört dagegen einer noch späteren Stufe an, auf welcher Eigenthum und Wirthschaft schon festere Wurzeln geschlagen haben. Die erste menschliche Wirthschaftsstufe, welche diesen Namen wahrhaft verdient, weil sie, bei schon vorhandenem Eigenthume, den Menschen weit und deutlich erkennbar über dem Thier stehend zeigt, trägt noch einen ganz vorherrschend occupatorischen Charakter. Man verzehrt nicht mehr Menschen, sondern Thiere, die man mit den Waffen in der Hand erlegt hat. Die Jagd und Fischerei trägt noch lange das Gepräge eines ernstlichen Kampfes gegen die wilden Geschöpfe der Wälder und Gewässer. Will man die Erfolge der Jagd durch Koncentrirung von Menschenkräften auf dieselbe steigern, so kann dies nur geschehen, indem die nächsten Stammesgenossen oder Befreundeten ihre Waffen zum gemeinsamen Zweck vereinigen, nicht aber dadurch, daß man bewaffnete Sklaven dazu anwendet, die ihre Waffen anstatt gegen das Wild, gegen den Herrn kehren könnten. Der occupatorischen Wirthschaftsstufe der Jagd und Fischerei ist Sklaverei nicht deshalb fremd, weil diese Stufe mehr Humanität hätte als die späteren Wirthschaftsstufen mit Sklaverei, sondern weil sie keine Sklaven brauchen kann, ebendeshalb aber auch nicht im Stande ist, den Erdboden so produktiv auszunutzen, wie schon die Stufe der Viehzucht und noch mehr die des Ackerbaues. Bei der Viehzucht ist die Ausdehnung der Heerden und die Benutzung der verfügbaren Weidegründe nur durch die Punkte begrenzt, welche das Auge des Unternehmers nicht mehr zu überblicken vermag; denn die innerhalb dieses Bereiches erforderliche Arbeitsleistung kann fast beliebig durch dienende Arbeitskräfte besorgt werden. Hier liegt es schon sehr nahe, die niedergeworfenen Gegner zu Sklaven zu machen, um in diesen die gewünschte dienende Arbeitskraft zu erlangen, noch viel näher aber bei dem wiederum ergiebigeren Ackerbau, welcher gestattet den Unfreien an die Scholle zu fesseln, die er für seinen Herrn zu bebauen hat.

Bei dieser Ausbeutung der Schwächeren durch die Stärkeren, welche jene in ihrer Persönlichkeit und in ihrem Eigenthum niederhalten und ihnen keine selbstständige Entwicklung in diesen beiden Beziehungen gestatten, darf nie vergessen werden, daß die Sklaverei, trotz alles Abschreckenden, was sie für den Blick einer verfeinerten Humanität an sich trägt, als ein unumgänglicher Durchgangspunkt für die menschliche Kultur betrachtet werden muß. Von der Jägerhorde, welche den überwundenen Gegner unschädlich macht, indem sie ihn abschlachtet, und welche mit anderen Jägerhorden nur zu einem Ausrottungskampfe zusammenlebt, bis zu dem Zustande, wo man das Leben des Ueberwundenen schont, weil man ihn so für sich positiv nützlich machen kann, wo mit der ökonomischen Werthschätzung des menschlichen Lebens auch unwillkührlich die Achtung vor dem menschlichen Leben überhaupt größer wird, ist denn doch ein gewaltiger Fortschritt. Und nicht minder zeigt sich die Kulturbedeutung der Sklaverei, wenn man fragt, welcher andre Impuls denn die Masse einer rohen, gesetzlosen, bedürfnißarmen Bevölkerung dazu vermocht hätte, in geschlossener energischer wirthschaftlicher Arbeit an die Unterwerfung des Erdbodens zu gehen. Die voranstrebenden Geister hätten vergebliche Mühe gehabt, wenn die große Masse der blos kinderzeugenden, essenden und mordenden Bevölkerung wie ein Bleigewicht immer von Neuem wieder Alles nach der Seite des Thierthumes hinabgezogen hätte. Nur unter dem Einflusse der Sklaverei konnten, bei der Bedürfniß- und Intelligenzarmuth der Bevölkerungsmasse, die ersten volkswirthschaftlichen

Wurzeln der Arbeitstheilung sich so ausbreiten und befestigen, wie es für den Reichthum und die Vertiefung des Verkehrslebens, wie es für die ganze menschliche Bedürfniß- und Arbeitsentwickelung nothwendig war. Mit dem Aufhören der bezüglichen Voraussetzungen hört aber selbstverständlich die Kulturberechtigung der Sklaverei auf. Es ist vor Allem das Emporkommen der Gewerke und des Handels, wodurch bei rasch steigendem Wohlstande und sich erweiterndem Horizont der Bedürfnisse ein freierer und regsamerer wirthschaftlicher Sinn unter den Menschen herrschend wird, welcher, gestützt und getragen von dem freieren und regsameren Sinn einer gestiegenen Kultur überhaupt, die Sklaverei mehr und mehr zurückdrängt und am Ende auch die letzten Spuren von Leibeigenschaft verschwinden läßt.

Mit der vollständigen Ueberwindung und Beseitigung der persönlichen Unfreiheit zieht eine Linie durch die Weltgeschichte, die deren ganzes Gebiet in zwei Epochen zertheilt, eine, deren Beginn vor uns liegt und deren Zukunft dunkel ist, eine, welche ganz der Vergangenheit angehört. Bei seinem Eintritte in die zweite Epoche findet jedes Volk die Bildungs- und Eigenthumszustände, durch die Einwirkung, welche die persönliche Unfreiheit während der ersten Epoche darauf geübt, mächtig gegen das verschoben, was eingetreten wäre, wenn der Gang der wirthschaftlichen Entwicklung sich ohne solche Beeinflussung hätte vollziehen können. Und dies um so mehr, als die Sklaverei von den Herren ja nicht im Bewußtsein und in den Schranken einer zu erfüllenden Kulturmission gehandhabt wird, sondern weitübergreifend und sich ausdehnend nach Laune und Belieben, soweit es einerseits die Macht erlaubt und anderseits nicht das Eigeninteresse verbietet. Innerhalb dieser sehr weit gesteckten Grenzen aber kann das Ausbeutungssystem, welches ohnehin thatsächlich viel länger zu dauern pflegt, als die Kulturberechtigung der persönlichen Unfreiheit an sich gestatten würde, das oben besprochene Vertheilungsprincip von Bildung und Eigenthum unter den Angehörigen des Volkes in einer Weise verschlimmert haben, daß nun, beim Aufhören aller persönlichen Unfreiheit, die tiefste Kluft zwischen den verschiedenen Ständen aufgerissen sein mag.

Stellen wir uns auf den Höhepunkt der Gleichheit vor dem

Gesetze und der wirthschaftlichen Freiheit für Jedermann, welchen der moderne Rechtsstaat europäischer Kultur im 19. Jahrhundert geschaffen hat, so liegt vor unseren Blicken eine Arena, auf welcher trotz alledem der Wettlauf derer, die um das Ziel ringen, ein höchst ungleicher ist, und zwar nicht etwa wegen angeborener individueller Ungleichheit, sondern wegen individueller Ungleichheit, welche die Folge der jahrhundertelang vorausgegangenen Beeinträchtigung der Schwächeren durch die Stärkeren ist.

Allerdings wird auch der schlimmste Pessimist wohl kaum ernstlich den Beweis für die Behauptung antreten wollen, daß die Aermeren unter uns, nach dem Empfindungs und Bedürfnißmaßstabe unserer Zeit gemessen, eine geringere absolute Portion an wirthschaftlichem Lebensgenuß erhielten als in früheren Epochen der wirthschaftlichen Entwicklung. Und es läßt sich leicht ersehen, daß und warum das wirthschaftliche Lebensloos auch der Aermeren sich absolut verbessert haben müsse.

Die in Wechselwirkung mit der steigenden Produktion und Verkehrsentfaltung steigende Arbeitstheilung bedingt selbstverständlich, daß die qualificirteren Kräfte, um ihre arbeitsgetheilten Aufgaben mit entsprechendem Erfolge ausnutzen zu können, immer größere Massen von Erwerbsgelegenheiten aus niedrigerer Sphäre an die minder qualificirten Arbeitskräfte abgeben müssen, daß sie damit aber zugleich die Existenzfähigkeit ganzer Mengen solcher Kräfte verbürgen, die sonst gar nicht existenzfähig gewesen wären. Kommt solchergestalt den schwächeren Kräften ein mit dem wachsenden Volkswohlstand von Periode zu Periode wachsender für Arbeitslohn verfügbarer Betrag entgegen, so besteht auf der anderen Seite ein doppeltes Hemmniß, um diese Kräfte nicht wieder auf oder gar unter das individuelle Bedürfnißmaß einer überwundenen Stufe zurücksinken zu lassen. Einmal nämlich können auch die schwächsten Erwerbskräfte einer Epoche von den Einflüssen dieser nie ganz unberührt bleiben; auch ohne der Kulturstufe angemessene Ausbildung in Haus und Schule strömt dem Individuum eine Fülle von Kulturstoff überall entgegen durch Anschauung, Hörensagen ꝛc. und macht dasselbe dadurch absolut intelligenter und leistungsfähiger für die

Arbeit. Sodann wirkt jeder dennoch momentan eintretenden Tendenz zum Herabsinken eine andere Tendenz dauernd und bestimmt entgegen, nämlich die im Laufe des Kulturganges sich vollziehende Preiswandlung der wirthschaftlichen Güter, welche darin besteht, daß die unentbehrlicheren Güter, welche vorherrschend Naturprodukte sind, im Preise steigen, die entbehrlicheren, welche vorherrschend Arbeits- und Kapitalprodukte sind, im Preise sinken; je höher die Kulturstufe wird, desto weniger wird es möglich, jeder, auch der ärmsten menschlichen Lebenshaltung an feineren Genüssen abzuschneiden, wenn man nicht zugleich den Hungertod dekretiren will; so lange also die Thatsache vor uns liegt, daß die Aermeren unserer Zeit einerseits feinerer Lebensgenüsse theilhaftig sind als diejenigen früherer Zeiten und andererseits in der Mortalität und durchschnittlichen individuellen Lebensdauer sich mindestens nichts verschlechtert hat, kann von einer absoluten Verringerung der Lebenshaltung der Aermeren so wenig die Rede sein*), daß man im Gegentheile nur zu constatiren hat, wie erheblich besser sie geworden ist.

Nehme man diese Verbesserung nun aber auch noch so groß an, indem sogar die zahlreichen einzelnen Fälle bedeutenden Fortschritts, welche positiv nachweisbar sind, kurzweg auf alle übrigen erstreckt werden, so bleibt darum nicht weniger die Behauptung bestehen, daß wir gegenwärtig unter einem Zustande lange herrschend gewesenen Druckes der Stärkeren auf die Schwächeren leiden, welcher diese in dem wirthschaftlichen Wettlauf mit jenen benachtheiligt. Ja, es sei gleich noch einen Schritt weitergegangen und ausgesprochen, daß das gegenwärtige Verhältniß zwischen Arm und Reich viel unerträglicher und menschenunwürdiger ist, als es vielleicht in irgend einer vorausgegangenen Epoche der Geschichte jemals war.

Mag noch so bereitwillig zugegeben werden, daß der Arme von heute dem ihm vergleichbaren Armen einer früheren Epoche gegenüber wirthschaftlich besser gestellt ist, so ist er doch dem ihm vergleichbaren Reichen gegenüber heute sehr viel schlechter gestellt, als er ihm gegenüber in einer früheren, unentwickelteren Epoche

---

*) Vgl. Umpfenbach, Volkswirthschaftslehre §. 105.

stehen würde. Für das, was er an natürlichem Erwerbsspielraum
verloren hat, ist dem Armen kein entsprechender Ersatz an künst=
lichem Erwerbsspielraum zu Theil geworden. Die künstliche Er=
werbskraft haben die Reichen einseitig an sich gerissen und den
Armen nur die dürftigen Ueberreste davon gelassen. Am schroffsten
und empfindlichsten tritt dies selbstverständlich gerade für die be=
gabtesten Armen auf, welche sehen, wie andere, mit ihnen gleich
oder noch geringer begabte, aber durch Ausbildung künstlich besser
gestellte Persönlichkeiten, verglichen mit ihnen, immer überproportio=
nalere aliquote Theile des wachsenden Volkswohlstandes erhalten.
Die Thatsache, daß, auch ohne das geringste Verschulden, das eigne
wirthschaftliche Besserwerden sich ebenso langsam und spärlich voll=
zieht, als das der höheren Klassen im rapiden üppigen Wachs=
thum begriffen ist, wird aber Den erbittern oder zum Pessimismus
stimmen, der Kräfte in sich fühlt, welche aus Mangel an Aus=
bildung zum Brachliegen und Verkümmern verurtheilt sind, während
sie bei richtiger Ausbildung ihre Inhaber zur Konkurrenzfähigkeit
mit den einseitig und übertrieben Begünstigten geführt und damit
die unerträgliche kulturwidrige Kluft überbrückt hätten. Unerträglich
und immer unerträglicher wird diese Kluft mit der, zunehmenden
Lebensgenuß bietenden, Kulturhöhe und mit der dabei größer werden=
den Empfänglichkeit und Empfindungsfähigkeit für Menschenloos.
Ueberliefert ist uns diese Kluft unmittelbar aus der Zeit, wo die
disharmonische Tendenz der Vertheilung von Eigenthum und Bil=
dung durch das Institut der persönlichen Unfreiheit gelenkt und ver=
schärft wurde. Vorhanden war unter der Herrschaft dieser die
Kluft auch schon, aber sie war weniger schwer empfunden. Die
unteren Klassen, welche die ganze wirthschaftliche Errungenschaft
des Volkes haben schaffen helfen, erhielten ihren Antheil daran als
Unfreie nach Ermessen der Herren zugebilligt, sie waren Unmün=
dige, für welche Andere partiell dachten und sorgten, und der Un=
mündige bescheidet sich. Der Mündige aber verlangt sein Erbe.
Und er muß es um so nachdrücklicher verlangen, je vollständiger die
Gebundenheiten, welche den Uebergang von der eigentlichen persön=
lichen Unfreiheit zur wirklichen Freiheit bilden, gefallen sind. Ist
einmal die Kulturhöhe erreicht, und wir haben sie beschritten, auf

ber an jeden Menschen der Anspruch auf strenge und rückhaltlose Selbstverantwortung gestellt wird, so kann man auch die Ansprüche nicht länger vorenthalten, welche jeder Volksgenosse darauf hat, an der Entwicklung seiner Zeit als vollberechtigter Mensch Theil zu nehmen.

Zweites Kapitel

Die Volksbildung.

Die Ausbildung der in der menschlichen Persönlichkeit als Keime enthaltenen Anlagen und Fähigkeiten ist zugleich Kulturmittel und Kulturzweck. Es ist Daseinszweck, daß die Menschheit in der Aufeinanderfolge der Generationen höhere Grade der Kulturvollendung durchlebe. Jeder neu erreichte Grad von solcher ist aber wiederum Mittel um neue Kulturerfolge zu erreichen, welche der Menschheit, sowohl wenn man sie als Ganzes auffaßt, als wenn man die einzelne Menschenpersönlichkeit vor Augen hat, zu Gute kommen sollen.

Fragt man nach den berechtigten Ansprüchen, welche jede menschliche Persönlichkeit an das vorhandene Bildungsmaterial ihrer Epoche zu stellen hat, so ist für unsere Zeit soviel klar, daß wir auf halbem Wege in einer Entwicklungsphase stehen geblieben sind, welche auf das dringendste ihren Abschluß verlangt, wenn die erwarteten Früchte reifen sollen, und welche, bei fortdauernder Nichtbeachtung dessen was noch fehlt, nothwendig in einen Kulturverderb umschlagen muß.

Es wurde oben Akt davon genommen, daß der geschichtliche Proceß der Vertheilung von Eigenthum und Bildung unter die einzelnen Menschen sich nicht vollziehen konnte, ohne daß die Gewalt ihren Einfluß darauf übte und vorübergehend das Institut der persönlichen Unfreiheit zur Geltung brachte. Die äußere persönliche

Unfreiheit wird zu häufig aus äußeren Urſachen zu erklären ge=
ſucht, während doch die eigentliche innere Urſache der äußeren Un=
freiheit lediglich die innere Unfreiheit der Menſchen iſt. Wird all=
mählig im Kulturgange ein gewiſſer Durchſchnittsgrad an innerer
Freiheit unter einer menſchlichen Bevölkerung erreicht, ſo muß die
äußere perſönliche Unfreiheit fallen. Aber wer giebt nun den durch
das Beſtehen derſelben direkt oder indirekt in der Bildung der
Epoche Zurückgebliebenen das ihnen noch fehlende Maß von innerer
Freiheit? Wird es nicht gegeben, ſo tritt der Pauperismus der
Zurückgebliebenen, welcher bis dahin unter den verſchiedenen Ge=
bilden äußerer perſönlicher Unfreiheit (Leibeigenſchaft, Erbunter=
thänigkeit, Geſindezwang, Zunftzwang) verſteckt war, nunmehr offen
zu Tage und zeigt ſchreiend die unausgefüllt gebliebene Kulturlücke.
Die Gewalt hatte dieſelbe mit den Leichen der Erſchlagenen oder
mit den Feſſeln der Unterbrückten zuzuſtopfen geſucht und das lecke
Schiff der menſchlichen Kultur ſchwamm wohl oder übel weiter.
Nun klafft ein Theil der Lücke ganz unausgefüllt und wenn wir
ihn nicht bald gründlich ausfüllen, ſo ſinkt unſer Schiff. Alles
Auspumpen und Verkleiſtern hilft nicht; die Befrachtung iſt ſoviel
ſchwerer geworden, Ballaſt können wir nicht nach Belieben aus=
werfen; da heißt es: entweder mit feſter Hand an neues ſolides
Bauen gehen, oder — ſinken.

Iſt irgend Etwas an dieſem Bilde übertrieben? Wahrlich es
bedarf keiner weitern Ausführungen, ſchaue Jeder doch nur um
ſich. Inmitten unſerer hochgeprieſenen Kultur ſchwankt eine Men=
ſchenmaſſe einher, die das Wort der Verheißung gehört hat, die es
aber nicht zu deuten und zu erfüllen weiß. Bald fürchtend und
hoffend, bald klagend und drohend, bald wohlgefällig an ſo man=
chen Kulturgenüſſen der Epoche naſchend und ſich darin berauſchend,
bald mit wilder Begehrlichkeit nach dem Höchſten zu greifen be=
ſtrebt, was es giebt, unklar, verworren, von Sehnſucht und Ver=
zweiflung geſtachelt, vor Allem aber beweglich und in der Beweg=
lichkeit nicht mehr aufzuhalten, welche Entſcheidung ſucht, ſo ſteht
ſie da, eine breite und tiefe Maſſenſchichte unſerer heutigen Be=
völkerung, welche uns ſagt, daß ſie leidet und Abhülfe verlangt.

Hier giebt es nur eine Abhülfe, wenn sich Alles noch zum Guten wenden soll: eine genügende Volksbildung.

Jedem gebührt sein menschenwürdiges Maß an der Kulturentwicklung, welche er schaffen hilft. Und es schaffen sie in der That Alle, Alle ohne Ausnahme. Was ist der Genius eines Aristoteles, Michelangelo, Kopernikus, Shakespeare, Göthe anderes als der Volksgenius, welcher sich gerade in diesen Individuen offenbart! An der Kulturerrungenschaft haben Alle mitgewirkt: der blinde Bettler, der am Wege saß, der jammernde Säugling in der Wiege, welcher die Herzen seiner Eltern aufstachelt, der fleißige Handwerker und Bauer, der kühne, waghalsige Schiffer und Kaufmann sowohl, als der erlesenste Geistesheros oder Kriegsheld, dem es vielleicht vergönnt war, einem ganzen Zeitalter seinen Namen aufzudrücken. Daß ein Individuum für seine Person mehr oder weniger beigetragen habe, als ein anderes, wird sich gewiß in einzelnen Fällen nachweisen lassen, niemals aber, und selbst in den eklatantesten Fällen nicht, wie viel mehr oder weniger. So gewiß man nicht nachweisen kann, mit wieviel Procenten jeder Einzelne an dem Staate betheiligt ist, welchem er angehört, so gewiß kann man es nicht für die Kultur seiner Epoche. Mag Jeder über das durchschnittliche Bildungsmaß seiner Epoche subjektiv hinausstreben so weit er will und kann, — wohl ihm und wohl der Gesammtheit, wenn er Erfolge hat; objektiv aber wird man Keinen, den man als äußerlich frei anerkennt und seiner innern Selbstverantwortung unterworfen erklärt, von dem Menschenmaß an Bildung ausschließen können, was der Kulturstufe nothwendig entspricht, ohne daß man zugleich Kulturfeinde schafft, welche alle gesunde Weiterentwicklung bedrohen. Es giebt nur die Alternative: Niederhaltung der Persönlichkeit als äußerlich unfrei, oder Emporhebung der Persönlichkeit als innerlich frei*). Will

---

*) Dem Klassenegoismus der Begünstigten unter uns wird es vielfältig schwer fallen, sich dieser letzteren Anschauung anzubequemen. Wer ihr nicht aus vernünftigen und anständigen Impulsen huldigen lernt, dem wird, insofern er nicht auf der Seite des starrsinnigen Obskurantismus steht, die kluge Erwägung dessen, was ihm am meisten nützt, resp. am wenigsten schadet, den richtigen Weg zeigen.

man also das für unsere Zeit geradezu wahnwitzige Experiment einer neuen Sklaverei und Leibeigenschaft der fraglichen Volksschichten nicht unternehmen, so bleibt nur übrig, jedem Volksgenossen durch entsprechende Ausbildung seiner Persönlichkeit den kulturmäßig möglichen Grad von innerer Freiheit zu verschaffen. Indem jeder Volksgenosse diesen Antheil an dem Geistesschatze der Nation aus dem Gesichtspunkte des Kulturzweckes erhält, damit er in seiner Anschauung und in seinem inneren Leben der jedesmaligen Kulturhöhe entsprechend theilhaftig sei, erhält er ihn zugleich als Kulturmittel und wird dadurch befähigt in seiner Leistungskraft und in seinen äußeren Leben den wirthschaftlichen Konkurrenzkampf erfolgreich zu bestehen.

Wie Nützlichkeit und Ethik keine Gegensätze, sondern, richtig verstanden, nur die richtige Ergänzung von Realismus und Idealismus sind, so kann auch die Volksbildung, als Kulturmittel und Kulturzweck zugleich genommen, bei richtiger Handhabung nur dahin führen, daß die einzelnen Menschen, in dem großen Menschheitskampfe ums Dasein und um die Kultur, sich immer weniger als Gegner und immer mehr als treue Streitgenossen erkennen.

Der Schwerpunkt der Volksbildung wird jederzeit in der Schulung der heranwachsenden Generation liegen. Natürlich nicht in dem Sinne, als ob Erwachsene keiner weiteren Ausbildung mehr fähig wären; der Bildungsstoff kann reich bis zur Ueberreichlichkeit sein, welchen das spätere Leben, vielleicht bis in das höchste Greisenalter hinein, aufzunehmen gestattet und gerade das gereifte Alter ist es ja, welches sich der Bildung gegenüber nicht nur receptiv, sondern auch produktiv verhält. Aber der Schwerpunkt ist und bleibt bei der Jugend, welche im Wandel der Generationsfolge demnächst die Klasse der Erwachsenen sein wird; nur die Jugend hat die Frische und Empfänglichkeit für Aneignung des Bildungsstoffes, welche die unverwüstlichen Fundamente alles späteren Wissens und Könnens zu legen gestattet. Viele und gewichtige fundamentale Bildungseindrücke können schon durch die häusliche Erziehung in die Jugend gelegt werden, aber es herrscht doch allgemeines Einverständniß darüber, daß, bei allem Werthe solcher häuslicher Bilbungseindrücke, eine hinlänglich umfassende Jugendbildung nur sehr ausnahmsweise in der Familie vollendet werden kann, daß vielmehr zur Erreichung des Zieles gemeinsame, planmäßig eingerichtete Schulen für je eine Anzahl Jugendgenossen erforderlich sind.

Nicht minder herrscht ziemlich allgemeines Einverständniß darüber, daß der Staat in seinem Verhalten zur Jugendbildung sich gleichmäßig zu hüten habe vor den beiden Extremen einer völligen Nichtbeachtung des Gegenstandes und eines ausschließlichen Ansichreißens desselben in dem terroristischen Sinne einer alleinseligmachenden, nach der Schablone zugeschnittenen und die Rechte der Familie mit Füßen tretenden Nationalerziehung. Wir verlangen vielmehr vom Staate, daß er dem freien Spiel der Privatkräfte auf dem Gebiete des Schulwesens allen thunlichen Raum lasse, daß er aber dann, sei es organisatorisch und gesetzgebend, sei es aus seinen Finanzen Mittel spendend, eingreife, wenn der Zweck der Volksbildung, wie ihn die jeweilige Kulturstufe als Staatszweck erheischt, durch Privatkräfte nicht genügend zu erreichen ist.

In Deutschland hat schon seit dem vorigen Jahrhundert der Grundsatz sich zu befestigen begonnen, daß jedem Gliede der heranwachsenden Generation dasjenige Minimum an Ausbildung gewährt werden müsse, ohne welches überhaupt kein kulturmäßig menschliches Band zwischen den Angehörigen eines und desselben Volkes denkbar ist. Dieser Grundsatz hat in der heutigen Volksschule seinen Ausdruck gefunden; der Staat erfüllt die ihm hier obliegende Fürsorge für die Elementarbildung eines jeden unmündigen Kindes, theils durch pekuniäre Zuschüsse zu den Schulkosten, theils durch Bestimmungen über Richtung und Umfang des Schulunterrichtes, theils durch Handhabung des Schulzwanges, kraft dessen jedes Kind, für welches nicht der Nachweis einer anderweitigen Erwerbung der Elementarbildung beigebracht wird, zum regelmäßigen Besuche der Volksschule von dem Alter der zu Ende gehenden Infantia an bis zu dem der beginnenden Pubertät verpflichtet ist.

Niemand wird in Abrede stellen wollen, daß durch unsere Volksschulen Bedeutendes geleistet worden ist; sie haben sogar viel mehr. geleistet, als nach Maßgabe des auf sie Verwendeten irgend erwartet werden konnte.

Niemand wird sich aber auch in die Illusion wiegen wollen, als ob die Entwicklung des Volksschulwesens eine normale und genügende gewesen wäre. Unsere heutige Volksschule leistet weitaus nicht, was sie vom Standpunkte unserer heutigen Kulturstufe als Bildungsminimum leisten sollte. Wer und was daran durch äußere zurückhaltende Einwirkung Schuld gewesen, mag hier ununtersucht bleiben; haben sich doch glücklicherweise die Anschauungen über das Ziel und die Aufgabe der Volksschule in einer Art geklärt, daß man der demnächstigen Gestaltung ohne ernstliche Besorgnisse entgegensehen kann.

Ueber die demnächstige Gestaltung des Volksschulwesens, wie sehr diskutirbar und diskutirbebürftig sie in wichtigen Einzelpunkten auch noch sein mag, kann doch an dieser Stelle nicht weiter gesprochen werden, als insofern sie mit dem Plan der gegenwärtigen Untersuchung in wesentlichem Zusammenhange steht. Es soll daher nicht näher eingegangen werden auf die Stellung der Volksschullehrer an sich, welche in dreifacher Beziehung Reform verlangt: Reform der Seminarbildung, Reform der Schulinspection, Reform der Besoldungsverhältnisse. Es soll ebenso jede rein pädagogische Erörterung über Umfang und Ineinandergreifen der Gegenstände des Volksschulunterrichtes vermieden werden, welcher einerseits an treibhausmäßigem Charakter verlieren, andrerseits an Vertiefung gewinnen muß. Aber es geht nicht umhin, bei zwei Punkten zu verweilen, welche für die berechtigte Stellung der Volksschule im Gesammtrahmen der Volksbildung von Wichtigkeit sind und deren Berührung geeignet erscheint, den weitern Gedankengang, der zu den letzten Konsequenzen unseres Problems führt, zu unterstützen. Diese beiden Punkte sind: der an die Volksschule anzuschließende Fortbildungsunterricht und die Unentgeltlichkeit des ganzen Volksschulunterrichtes.

Die bis vor noch gar nicht langer Zeit ganz allgemein und so gut wie ausschließlich übliche Fortführung des obligatorischen Volksschulunterrichtes bis nur zum 14. Lebensjahre der Schüler bietet erfahrungsmäßig keinen genügenden Abschluß der Elementarbildung. Man hat erschreckend häufig beobachtet, daß die jungen Leute ein bis zwei Jahre nach Absolvirung der Volksschule viel unwissender und überhaupt geistig tiefer stehend waren, als in der letzten Zeit ihres Schülerthums. Kein Wunder auch, wenn man die Kinder noch unreif von der Bildung losreißt und in das Leben hinein stößt. Die große Masse der Bevölkerung wird in dem entscheidenden Alter von 14 bis zu 17 Jahren, wo sich die Erwerbskraft und die ganze Persönlichkeit eigentlich erst festigen und abrunden soll, in ihrem Lebensgange geradezu preisgegeben. Anstatt daß das noch nicht fertige Bildungswerk vollendet würde, wird es im Gegentheil vorzeitig angebrochen und ruinirt und damit die zukünftige Lebensstellung von vorn herein lahm gelegt. Es ist das, wirthschaftlich, wie ethisch gesprochen, eine Aufzehrung von Stammvermögen, wenn der junge 14—17jährige Mensch die Brücke der Weiterbildung abbricht und seine frisch pulsirende aber noch unfertige Arbeitskraft schon ganz dem Erwerbsleben widmet. Die vorhandene Erwerbskraft wird dabei in einer verhältnißmäßig günstigen und verlockenden Weise genutzt, und die scheinbare Prosperität verleitet zur Ueberschätzung dessen, was man wirthschaftlich hat und bedeutet, sowie zur Selbstüberschätzung überhaupt. Steigt dann, namentlich durch Gründung einer Familie, später das Bedürfnißmaß, so kommt der Rückschlag, und die Persönlichkeit, welche weder entsprechende wirthschaftliche Expansionskraft, noch intellektuelle und moralische Schulung besitzt, verfällt dann nur zu leicht in Pessimismus und proletarische Lebenshaltung. Diesem schlimmen Verlaufe kann ein Damm gesetzt werden durch die Ausdehnung des Schulzwanges auf eine an die Volksschule anschließende und diese ergänzende Fortbildungsschule, welche alle jungen Leute, insofern sie nicht eine anderweitige mindestens gleichwerthige Weiterbildung nachweisen, bis zum vollendeten 16. Lebensjahre zu besuchen haben. Wer die unumgängliche Elementarbildung in der heranwachsenden Generation befestigen will, darf auch das dafür unumgängliche Mittel nicht scheuen; daß aber ein blos fakultativer Unterricht gerade bei denjenigen am wenigsten fruchten würde, die seiner am meisten bedürften, braucht keinen weitern Beweis. Die ganze Volks-Elementarschule, einschließlich Fortbildungsschulunterricht, kann und darf nur obligatorisch sein.

Dieser ganze obligatorische Volksschulunterricht kann und darf aber nur unentgeltlich sein. Angelegenheiten einer Gesammtheit, welche für alle Glieder derselben von ununterscheidbar gleichem Interesse und gleicher Wichtigkeit sind, vertragen es nicht als Privatangelegenheiten dieser oder jener Einzelnen behandelt zu werden. Es ist ein uns Allen ununterscheidbar gleicher Gesammtzweck, daß jedes menschlichgeborene Individuum der heranwachsenden Generation auch diejenige Elementarbildung erhalte, welche nicht entbehrt werden kann, wenn es überhaupt als Mensch unter Menschen fortleben soll. Ob man dabei die engere Gesammtheit der Ortsgemeinde oder die weitere Gesammtheit des Staates im Auge hat, macht keinen begrifflichen Unterschied, obwohl allerdings scheint, als ob statt des seitherigen Verhältnisses, wonach die Gemeinde in erster, der Staat in zweiter Linie für den Unterhalt der Volksschule aufzukommen hatte, gerade das Umgekehrte richtiger sein würde; hiernach wäre es Staatsinteresse, daß für jedes Kind das menschliche Minimalmaß an Bildung garantirt erschiene, Gemeindeinteresse aber die Art und Weise, wie dies unter Berücksichtigung der lokalen Anforderungen zu ergänzen und auszuführen wäre. Unter allen Umständen aber muß verlangt werden, daß die Gesammtheit keinerlei Anspruch auf Schulgeld an die Volksschüler erhebe, sondern daß sie aus ihren Finanzen die ganzen Kosten des Volksschul-Unterrichtswesens, als eines Gesammtzweckes, für welchen alle Glieder solidarisch verpflichtet sind, trage.

Dieses Postulat der Unentgeltlichkeit des Volksschulunterrichtes gewinnt vielleicht noch an Anschaulichkeit der Begründung, wenn wir nun zur Beantwortung der Frage übergehen, welche sonstige Bildungsanstalten außer der Volksschule noch zum Bedürfnisse werden können. Hier ist vorerst soviel klar, daß für Bildungsanstalten, welche keinen weiteren Unterrichtszweck als die Volksschulen selbst verfolgen, deren Errichtung aber doch neben diesen in Gestalt besonderer Schulen gewünscht wird, aus den Staats- oder Gemeindefinanzen kein Pfennig verfügbar ist. Wer die öffentliche Volksschule aus irgend einem subjektiven Grunde für seine Kinder nicht will und ihnen die gleiche Elementarbildung durch anderweitige Schulung verschafft, mag für dieses sein ausschließliches Privatinteresse auch ausschließlich aus seiner Tasche bezahlen.

Anders erscheint die Sache bei Bildungszielen, welche über die Sphäre der Volksschule hinausgehen. Hier kann zwar von völliger Unentgeltlichkeit keine Rede sein. Solange nicht alle Angehörigen einer heranwachsenden Generation an allen höheren Bildungsmitteln gleichmäßig Antheil nehmen und Antheil nehmen können, oder solange man den Besuch höherer Bildungsanstalten durch eine Minorität nicht etwa als ununterscheidbares Gesammtinteresse Aller nachzuweisen vermag, wäre es ein schreiender Mißbrauch der Finanzen, die Steuerkräfte der Gegenwart, welche doch mit gleichen Schultern von allen Staatsangehörigen zu tragen sind, zu einseitiger Begünstigung der Besucher höherer Unterrichtsanstalten derart zu verwenden, daß diesen der ganze Bildungsstoff ohne jede Kostenvergütung von ihrer Seite geliefert würde. Ganz gewiß liegt es sehr im Interesse der Gesammtheit und darf als durchaus berechtigter Staatszweck hingestellt werden, daß aus öffentlichen Mitteln für die Errichtung und Unterhaltung höherer Bildungsanstalten Verwendungen gemacht werden und zwar nicht mit karger Hand, sondern reichlich. Aber aus nicht minder triftigem Grunde darf verlangt werden, daß die Besucher von solchen aus öffentlichen Mitteln dotirten Anstalten nach Maßgabe dessen, wie sie von denselben in einem stärkeren Verhältnisse Gebrauch machen, als die unterschiedlose Masse der Staatsangehörigen, und wie sie demgemäß stärkere einseitige Kosten verursachen, dafür auch ihre entsprechende Vergütung zu leisten haben. Es liegt hier einer der Fälle vor, in welchen die Anwendung des Gebührenprincips Platz greifen muß*). In allen den Fällen, wo privative und öffentliche Interessen nach einem gleichen Ziele hinstreben und dieses gleiche Ziel nur durch eine und dieselbe gemeinsame Veranstaltung zu erreichen ist, sind selbstverständlich die Kosten der Veranstaltung von beiden interessirten Elementen zu tragen. Dies kann nun entweder in dem Sinne geschehen, daß der Staat die Veranstaltung den Privatinteressenten anheimgiebt und mit einem Kostenzuschusse seinerseits nachhilft, oder dadurch, daß eine öffentliche Anstalt gegründet wird, bei welcher dann die durch die Privatinteressen der Benutzer bewirkte Kostenprovokation durch entsprechende Gebüh-

---

*) Vgl. Umpfenbach, Finanzwissenschaft § 23, 30.

renerhebung von denselben wett zu machen ist. Es liegt im Wesen
der Unterrichtsanstalten, daß bei einer Konkurrenz des staatlichen
und privaten Kostenpunktes hinsichtlich derselben Anstalt, regelmäßig der Gebührenweg eingeschlagen werden wird. Denn ist schon
bei einer reinen Privatanstalt d. h. einer solchen, die ihre Kosten
durch die Privatinteressenten aufbringt, immerhin der . öffentliche
Charakter doch insoweit wahrzunehmen, als das staatliche Oberauf-
sichts- und Regulativrecht bei solchen Schulen gehandhabt wird, so
ist bei denselben, wenn durch spätern Hinzutritt öffentlichen Interesses
zum privaten ein öffentlicher Kostenaufwand auf die betreffende
Schule eintritt, damit eigentlich schon ganz von selbst der Charakter
der öffentlichen Schule mit Gebührenerhebung da.

Geht man jetzt zu den bei uns gegenwärtig bestehenden höheren
öffentlichen Unterrichtsanstalten über, so findet sich bei ihnen das
Gebührenprincip sehr umfassend durchgeführt*). Wird aber ge-
fragt, ob der Bestand der Anstalten und die Art und Weise der
Durchführung des Gebührenprincips den Anforderungen einer Volksbildung, wie sie unsere heutige Kulturstufe bedingt, auch nur an-
nähernd entsprechen, so kommen wir zu einem sehr traurigen und
unbefriedigenden Ergebniß.

Es kann dabei im Wesentlichen zunächst abgesehen werden von
den Universitäten, sowie auch von den polytechnischen Schulen und
den sonst in Betracht kommenden höheren Fachschulen, weil hier
der Uebelstand weniger beachtenswerth auftritt. Auch die Gymnasien stehen hinsichtlich der Schäden unserer höheren Volksbildung nicht
gerade in erster Linie. In dieser stehen, und zwar ganz erschreckend,
die Realschulen und die Bürgerschulen, erstere hauptsächlich insofern
sie da sind, wie sie nicht da sein sollten, letztere insofern sie nicht
da sind, wie sie da sein sollten.

Allerdings theilen die Gymnasien mit den Realschulen eine
Schattenseite, welche jedoch mit dem eigentlichen Kern der Sache

---

*) So betrug z. B. im Jahre 1864 in Preußen für alle Gymnasien und Pro-
gymnasien der Gesammtkostenaufwand 1,837,399 Thlr., das Gebühreneinkommen
817,774 Thlr.; für alle Real- und Bürgerschulen der Gesammtkostenaufwand
635,785 Thlr., das Gebühreneinkommen 375,281 Thlr. Vgl. Wiese, Das
höhere Schulwesen in Preußen, S. 604, 605.

Nichts zu thun hat und auch für deren angekränkelte Ausläufer nur ein Accidens und zwar ein hoffentlich recht bald vorüber= gegangenes ist. Man sieht sofort, daß von den Klassenzeugnissen der Gymnasien und Realschulen die Rede ist, welche den Schülern, schon vor erreichter voller Maturität an diesen Anstalten, die Berech= tigung zum einjährigen Militärdienste gewähren und welche, um einen beinahe schon sprüchwörtlich gewordenen Ausdruck zu brauchen, beiden Schulen unten die Wassersucht und oben die Schwindsucht beigebracht haben. Dieser Krankheitsproceß wird für das Gymna= sium nur hinsichtlich dessen eigener pädagogischer Erfolge nach= theilig empfunden. Für die Realschulen wird er es auch, und zwar in ungleich höherem Grade; seine schlimmste Wirkung ist hier aber die, daß er in wahrhaft bedauerlicher Weise die an und für sich verschrobene Stellung dieser Anstalten verschärft und verquickt, welche so schon zum schwersten Hemmniß für die Neuorganisation derjenigen Schulgattung geworden sind, in welcher wir den nächsten und wichtigsten Anknüpfungspunkt für die heutige sociale Reform der Volksbildung zu erblicken haben. Gemeint ist unter dieser Schul= gattung die Bürgerschule, Mittelschule, höhere Volksschule, Volks= hochschule oder wie man sie sonst zu nennen belieben mag, wenn man sich nur wohl hütet, sie mit der obenerwähnten obligatorischen Elementar=Fortbildungsschule zu verwechseln, zu der von ihr aus übrigens gar manche Berührungspunkte und Verbindungsfäden reichen, welche später aufzuweisen sein werden.

Die Begriffsverwirrung, welche seither über das Wesen und die Aufgaben der Realschulen herrschte, scheint allmählig zu einer Klärung zu kommen, als deren Quintessenz, wenn nicht Alles täuscht, in Bälde sich die Erkenntniß allgemein Bahn brechen wird, daß die Realschulen gleich den Gymnasien eine wissenschaftliche Bildung geben sollen, welche den Schüler nach der etwa im 18. Lebensjahr erfolgenden Absolvirung dieser Anstalten befähigt, sich mit selbstständiger Denkkraft die Erscheinungen des ihn umgebenden Kul= turlebens zurechtzulegen, sei es, daß er sofort in das praktische Leben eintritt, sei es, daß er sich nach einer bestimmten Fachrichtung hin auf Universitäten 2c. noch weiter wissenschaftlich durcharbeitet. Indem Realschulen und Gymnasien gleichmäßig dieses selbe Ziel verfolgen, unterscheiden sie sich nur darin, daß sie mehr oder weniger an eine der beiden menschlichen Geistesrichtungen, die naturalistische und die humanistische, anschließen, die Realschule vorwiegend an erstere, das Gymnasium vorwiegend an letztere. Die Fragen über das richtige Maß von Naturalismus und Humanismus, über die Trennung beider in gesonderte Anstalten, oder ihre Vereinigung in eine einzige, sei es mit Bifurcation in den obern Klassen oder auch ohne dieselbe, diese und ähnliche Fragen können hier nicht weiter untersucht werden, da es für unsern Zweck in diesem Kapitel nur noch darauf ankommt, die Stellung der Bürgerschule oder Volkshochschule, insbesondere ihr Verhalten zu der seither so vielfach damit confundirten Realschule, darzuthun.

Was man seither Bürgerschule, auch wohl mit einer gewissen Ostentation höhere Bürgerschule, nannte, war schon von lange her in der Hauptsache nicht viel mehr als ein übel situirtes Anhängsel der Realschule und von dieser sogar in wenig zahlreichen Fällen selbst nur äußerlich geschieden; und auch diese wenigen äußerlich von der Realschule geschiedenen Bürgerschulen waren der Sache nach nichts Anderes, als an der Stelle von Prima oder Sekunda geköpfte Realschulen, so daß das Abgangszeugniß der Reife von solchen Bürgerschulen dem Sekundazeugnisse einer Realschule erster Ordnung oder dem Primazeugnisse einer Realschule zweiter Ordnung gleichstand. Dem Frequenzdrange der Schüler kamen die, scheinbar ein Maximum von Anforderungen erfüllenden, aus diesem Gesichtspunkte mit den relativ geringsten Kosten herzustellenden und in der That seit anderthalb Dezennien in üppigster Fülle aufwuchernden Realschulen am bereitwilligsten und umfassendsten entgegen und — betrogen die Schüler um ihre Ausbildung. Und zwar wird nicht nur die Minderzahl von Schülern, welche die ganze Anstalt absolviren, durch die überfüllten Unter- und Mittelklassen in ihrem Bildungszwecke beeinträchtigt, sondern die große Mehrzahl, welche früher abgeht, verläßt die betreffende Klasse in einem Zustande seichter Halbwisserei, ohne einen irgendwie abgerundeten Bildungsgang durchgemacht zu haben.

Auf den Namen einer wahren Schule kann nur die Anstalt Anspruch erheben, welche alles dasjenige, was an ihr gelehrt werden soll, wie viel oder wie wenig es auch sei, gründlich und vollständig lehrt und zu einem harmonischen Bildungsabschlusse bringt.

Wie es daher für die Realschule selbst eine Wohlthat wäre, wenn sie, unter Aufhebung alles Unterschiedes von erster und zweiter Ordnung, als ebenbürtige Schwester des Gymnasiums auf eigene Füße gestellt und gleich diesem von der für sie zum Fluch gewordenen Berechtigung befreit würde, durch bloßes Klassenzeugniß anstatt durch vollgültiges Maturitätszeugniß ihren Schülern den einjährigen Militärdienst zu sichern, so würde durch solche Zurückführung der Realschule auf ihre eigentliche Bedeutung die Bürgerschule von dem schweren Alp erlöst werden, welcher bisher ihr Leben drückte und verkümmerte*).

Die Aufgabe der Bürgerschule oder Volkshochschule kann nicht sein, einen durchgängig wissenschaftlich gehaltenen Unterricht zu ertheilen, sondern eine auf möglichst reichem Wissensstoff aufgebaute, vorherrschend praktische Ausbildung zu gewähren. Sie muß mit ihrer Zeit haushälterisch umgehen, denn sie soll dem höheren Bildungsbedürfniß derjenigen Volksklassen dienen, welche wegen ihrer Erwerbsverhältnisse in der Regel über das vollendete 16. Lebensjahr hinaus an einem methodischen Schulunterrichte nicht mehr Antheil nehmen können. Die jungen Leute dieser Volksklassen sollen in der Bürgerschule einen freieren und kräftigeren Schwung für ihre Erwerbskraft finden und befähigt werden, sich in weitgesteckten Bahnen der Konkurrenz erfolgreich zu bewegen, was hinwiederum als Mittel hierfür voraussetzt, wie es zugleich für sich selbst der höchste Zweck des Unterrichts ist, daß die allgemeine menschliche Bildung gehörig gepflegt werde. Die Entwicklung des Denkvermögens und des Charakters, die Aufklärung über die

---

*) Vgl. Schurig, Die deutsche Bürgerschule 1872; Ostendorf, Das höhere Schulwesen 1873.

Sehr instruktiv für die oben besprochenen Punkte sind die Protokolle der im kgl. preuß. Unterrichts-Ministerium im Oktober 1873 abgehaltenen Konferenz über verschiedene Fragen des höheren Unterrichtswesens. Vgl. Centralblatt für die gesammte Unterrichtsverwaltung in Preußen, Januar-, Februar- und Märzheft 1874.

staatsbürgerlichen und volkswirthschaftlichen Beziehungen*), der Genuß ·der vaterländischen Literatur und die Beherrschung ihrer Sprache, sowie thunlichste Vertrautheit mit noch einer fremden, Kenntniß der Geographie und Geschichte, Gewandtheit in Mathematik und Zeichnen,· Bekanntschaft mit den wichtigsten Zweigen der Naturkunde, dies Alles getragen von einer gesunden ethischen und religiösen Anschauung, — damit haben wir in einem Ueberblick zusammengefaßt was wir von der Bürgerschule an Unterrichtsleistung erwarten.· Und gewiß ist damit einerseits die Garantie für eine fruchtbar entwickelte Erwerbskraft gegeben, sowie andrerseits ·gewährleistet, daß die mit solcher Bildung ausgerüstete Persönlichkeit ihr volles inneres Menschenmaß an der Kultur der Epoche erhalte und dauernd befähigt bleibe, auch im reifen Alter noch die mannichfaltigsten Bildungseindrücke und geistigen Anregungen in sich aufzunehmen und weiter zu verarbeiten.

Das Schülerpersonal, welches den mit den Realschulen auseinandergesetzten Bürgerschulen nach ihrer Errichtung alsbald und ganz von selbst zahlreich zuströmen würde, bestände nicht nur aus der abfließenden Plethora der unteren Real= und auch Gymnasialklassen, sondern müßte jedenfalls auch viele Elemente umfassen, die seither mit bloßem Elementarunterricht abgefertigt oder auf einen ungenügenden Privatunterricht angewiesen waren. Aber das Hauptcontingent würde doch ausbleiben.

Den Grundsatz der ·Gebührenentgeltlichkeit kann man für die Bürgerschulen, mit den enormen Kosten, die sie den öffentlichen Kassen auferlegen, ebenso wenig fallen lassen wie für die Realschulen, Gymnasien, polytechnischen ·Schulen ꝛc. Jeder Ausfall an

---

*) „Keine Behauptung kann sich mehr der Erfahrung und dem gesunden Menschenverstande empfehlen, als die, daß wir gerade denjenigen, deren Glück von dem klügsten und vortheilhaftesten Gebrauch ihres einzigen Besitzes, der Arbeitskraft, abhängt, so frühe als möglich, ehe der Geist durch Vorurtheile, Leidenschaften oder schlechte Gewohnheiten getrübt wird, eine ·genaue Kenntniß der Ursachen, welche Kapitalgewinn und Arbeitslohn beherrschen, geben müssen. Mögen wir sie etwas Anderes lehren oder nicht, in dieser Wissenschaft müssen wir sie gehörig unterrichten, sonst werden sie gewiß falsche Begriffe darüber von anderer Seite bekommen." (Aus einer Rede Newmarch's 1871.)

Schulgeld verursacht neue Steuerbelastung. Daß alle Steuerzahler verpflichtet sind, jedem unter uns als menschliches Wesen geborenen Individuum durch obligatorischen Elementarunterricht das Minimum von Bildung zu verschaffen, ohne welches eben kein Mensch als solcher unter Menschen seiner Kulturepoche leben kann, wurde oben schon bei dem Postulate der völligen Unentgeltlichkeit des Elementar= schulunterrichtes betont. Darüber noch hinauszugehen und von jedem Steuerzahler die Mittel herauszureißen, um jedwedem darauf reflekti= renden Familienvater eine höhere Ausbildung seiner Kinder um= sonst zu gewähren, das hieße denn doch ein Stück Socialismus proklamiren, für welches unserer und so unabsehbar mancher folgen= den Generation schon das bloße Begriffsvermögen, geschweige denn das Vermögen zur Steuerzahlung dafür, abgeht.

Unter solchen Prämissen und bei der Kostspieligkeit solches Schul= besuchs überhaupt wäre es nur der Bemittelte, welcher seine Kinder in Bürgerschulen, Realschulen, Gymnasien 2c. schicken könnte; dem Unbemittelten blieben alle Anstalten höherer Bildung für seine Kinder verschlossen und er wäre für sie lediglich auf das Mini= malmaß der unentgeltlichen Elementarbildung angewiesen, welches auch dem ärmsten und unbegabtesten Menschen nicht vorenthalten werden darf. Daß damit die breite Massenschichte unserer Bevöl= kerung nicht befriedigt wird, daß die Kulturlücke zwischen begabt, aber arm und unbegabt, aber reich damit nicht ausgefüllt wird, ist klar. Je begabter, das heißt bildungsfähiger, ein Mensch ist, desto schneidender und bitterer muß er es empfinden, wenn er von der Kulturhöhe seiner Zeit schon an der Schwelle deßhalb zurückgewiesen wird, weil er arm ist, wenn der übrige Theil der Menschen das Urtheil über sein menschliches Lebensloos schon gefällt hat, ehe ihm selbst überhaupt nur die Möglichkeit geboten war, sich im Geiste seiner Kulturepoche als höher strebender Mensch zu bethätigen. Gerade aus den Kreisen der talentvollsten Armen kommt die wildeste Unzufriedenheit mit den bestehenden Zuständen, gerade aus ihren Reihen wird, und das ist der wundeste Fleck, das Hauptcontingent derjenigen gestellt, die, nachdem sie ziellos und fruchtlos umherge= tastet sind, ihr Leben voll Jammer und Verzweiflung an der Klippe unserer Kultur verkommen und verderben sehen müssen.

Giebt es denn Niemanden, der die Schulkosten für den bil=
dungsfähigen Armen bezahlt? Und zwar, wohlbemerkt, nicht als
Almosen, sondern als Verpflichtung!

Ist keine Quelle vorhanden, der es als heilige und auf andere
Weise unsühnbare Schuld obliegt, jedem für höhere Bildung em=
pfänglichen Armen einer Generation den Kulturwettlauf mit den
übrigen Angehörigen dieser Generation zu ermöglichen?

Drittes Kapitel.

Das Erbrecht.

Alle Versuche, das gesonderte Eigenthum *) seinem inneren Grunde nach als Ausfluß der Persönlichkeit der einzelnen Menschen hinzustellen, sind eitel. Wohl aber läßt das Eigenthum, als ein Gesammtes gedacht, sich als Ausfluß der menschlichen Gesammtpersönlichkeit hinstellen, welche es im Kulturkampfe der Generationen erwirbt, indem sie die Erde dem Menschthume dienstbar macht. Wie die einzelnen Menschen nur Träger des Menschthums, so sind sie auch nur Träger des Eigenthums. Damit ist selbstverstänblich nicht ausgeschlossen, daß dem Eigenthume eine gesonderte Beziehung zu bestimmten einzelnen menschlichen Persönlichkeiten gegeben werden kann. Aber Alles, was sich damit von gesonderter Eigenthumssphäre an und um die einzelne Persönlichkeit krystallisirt, wird ihr dem inneren Grunde nach nur in ihrer Eigenschaft als richtiger Träger des Menschthums zu Theil und sie kann um ihrer selbst willen nur, insoweit es dieses Gesichtspunktes unbeschadet möglich ist, in Betracht kommen.

Welches sind die richtigen Träger des Sondereigenthums? Im Allgemeinen läßt sich sehr einfach darauf antworten: diejenigen, welche durch ihr Verhalten die geeigneten Bürgschaften für das wirthschaftliche und damit Kultur-Emporkommen der Gesammtheit geben.

---

*) Vgl. Mayer, Das Eigenthum nach den verschiedenen Weltanschauungen 1871.

Aus Einzelwirthschaften baut die Volkswirthschaft sich auf. Aber sie kann dies nur durch das Verbindungsglied des Verkehrs zwischen den Einzelwirthschaften. Und Verkehr hinwiederum ist nur denkbar, wenn die Tauschlustigen einander wechselseitig Tauschgaben zu bieten im Stande sind; die Möglichkeit von Tauschgaben hängt aber unbedingt von einem gesonderten Verfügungsrechte über wirthschaftliche Güter ab. Drückt sich hierin die Nothwendigkeit des Sondereigenthums für alles wirthschaftliche und Kultur = Emporkommen aus, so läßt sich nicht minder daher die Richtschnur für die individuelle Zumessung des Sondereigenthums finden.

Am übersichtlichsten und am leichtesten verständlich zeigt sich diese Richtschnur auf den ersten Stufen der wirthschaftlichen Entwicklung für das bewegliche Eigenthum. Hier, wo jeder erfolgreiche Schlag, der von einer Menschenhand gegen den Erdboden geführt wurde, zugleich einen menschheitlichen Siegesschritt voran zur späteren Ueberwältigung der noch so gewaltig und überschwenglich dominirenden Natur bedeutet, giebt die Gesammtheit dem Einzelnen den ihm gebührenden Siegespreis in dem ausschließlichen Verfügungsrechte über dasjenige, was er sich mit seiner Hand vom Erdboden herausgeschlagen hat. Solange der natürliche Erwerbsspielraum in solcher Fülle vorhanden ist, daß der Einzelne andren Einzelnen keinen Abbruch thut und der Gesammtentwicklung durch sein wirthschaftliches Eigenwalten keinen zukünftigen Schaden zufügt, ist alles für das Sondereigenthum Erforderliche dadurch gewahrt, daß die fahrende Habe, welche Jeder durch seine Kräfte und Entbehrungen vom Erdboden erwarb, als sein Privateigenthum von der Gesammtheit anerkannt wird. Erst das dichtere Andrängen der Bevölkerung und die Nöthigung, den Boden intensiver zu nutzen, giebt Anlaß auch bei diesem nunmehr Sondereigenthum eintreten zu lassen und den anfänglichen Zustand eines der Gesammtheit zustehenden Eigenthums an Boden zu modificiren. Geschieht dies, indem die als Volk, Stamm, Markgenossenschaft ꝛc. politisch = geographisch gegen andre Gesammtheiten abgegrenzte Gesammtheit ihren ansiedlungslustigen Mitgliedern, welche noch nicht mit Boden zur Gründung einer Familie begabt sind, ein einheitlich und gleich=

förmig gegriffenes Maß von Sondereigenthum an Boden zuweist, so
lange davon noch auszutheilen ist, so kann gegen diesen Vorgang,
welcher die im Interesse der Gesammtheit unumgänglich gewordene
Bedingung stärkerer Produktivität des Bodens einschließt, wiederum
Nichts erinnert werden. Bei derart eingerichtetem beweglichen und
unbeweglichen Sondereigenthum wäre es wenigstens denkbar, daß
sich bis auf die Gegenwart herab Alles nach dem Grundsatz eines
ebenmäßigen und billigen wirthschaftlichen Wettlaufes hätte vollziehen können, wenn dies nicht sofort dadurch unpraktisch geworden
wäre, daß die Gewalt schon in die ersten Keime dieses Werbepro-
cesses eingegriffen und damit verhängnißvoll auf die Weiterentwicklung gewirkt hätte. Wir wollen nicht, allenfalls mutatis mutandis,
das oben über das Eingreifen der Gewalt Gesagte hier wieder-
holen, wo es genügt, wenn ihr Einfluß auf die thatsächliche Gestaltung des nun zu erörternden Erbrechtes nur immer scharf mit-
beachtet wird.

In dem Begriffe des Erbrechts liegt durchaus nichts dem Begriffe des Eigenthums neu Hinzutretendes. Ja, noch mehr, das
Erbrecht ist nicht etwa nur eine begrifflich nothwendige Konsequenz
des Eigenthums, sondern es ist geradezu die begrifflich nothwendige
Konsequenz desselben in der Zeitfolge. Wie der einzelne Mensch
nicht blos lebt, sondern auch stirbt, wie das Menschthum nur in
der fortwährenden Regeneration seiner Glieder die Träger seines
fortwährenden Bestandes sucht und findet, so steht auch das mit
diesem Bestande des Menschthums unlösbar verflochtene Eigenthum im menschlichen Generationswechsel da, um jederzeit seine
richtigen Träger zu suchen und zu finden. Der Kontinuität des
Menschthums im Generationswechsel und Kulturfortgange entspricht
die des Eigenthums in demselben.

Würde die Gesammtheit, auf deren Sanktion alles Eigenthum
beruht, den Nachlaß der Verstorbenen schlechthin ins Freie fallen
lassen, um nach ihrem gutbünkenden Ermessen die passendsten neuen
Träger für das Eigenthum jedesmal ab ovo besonders zu suchen,
so könnten, bei der dann fast völligen Unzureichendheit von Anhalts-
punkten, die Unkenntniß und die Willkühr nur zu leicht Orgien feiern

unb bewirken, daß eine so mangelhafte Handhabung in der großen Mehrzahl der Fälle, statt der passendsten, vielleicht gerade die aller= unpassendsten neuen Träger des Eigenthums fände und, in dieser Verneinung der objektiven Kontinuität des Eigenthums überhaupt, allen Krebit und alle nachhaltige Probuktionskraft des Gemeinwesens ruinirte. Es ist daher eine allgemeine, aus der Tiefe des ganzen Verhältnisses hervorgegangene, objektive Norm nöthig, kraft deren die Kontinuität des Eigenthums über den Tod seines seitherigen Trägers hinaus sich zu vollziehen hat. Und diese Norm kann nur lauten: Die richtigen neuen Träger des Eigenthums eines Ver= storbenen sind diejenigen, welche zu ihm in der kul= turmäßig nächsten Lebensgemeinschaft standen.

Sache des positiven Erbrechts ist es, den Ermittlungsweg zu bestimmen, mit Hülfe dessen die richtige Subsumirung der „Näch= sten" unter die allgemeine Norm in jedem einzelnen Falle gelingt. Da nun aber alles positive Recht durch Nationalität, wirthschaftliche Lage, Kulturstufe, politische Stellung 2c. des betreffenden Gemeinwesens auf das mannichfachste beeinflußt wird und daher ex vi termini sowohl bei verschiedenen Völkern und Staaten, als auch in den ver= schiedenen geschichtlichen Entwicklungsepochen desselben Volkes und Staates einen abweichenden Charakter haben muß, so darf es nichts weniger als befremden, wenn wir das positive Recht der Erbfolge so vielgestaltig auftreten sehen.

Die allgemeine objektive Norm des Erbrechts, welche durch alle positiven Rechtsordnungen mehr oder weniger erkenntlich durch= leuchtet, tritt in dem altgermanischen Erbrechte ebenso klar und bestimmt auf, als man sie aus dem justinianisch=römischen und dem heutigen gemeinen Rechte mühsam heraussuchen muß. Dort ist *) das Familienoberhaupt Leiter der Eigenthumsinteressen der Familie und ohne Zustimmung der Familienglieder zu Nichts verfügungs= berechtigt, was das Wesen dieses Eigenthums berührt, nament= lich zu keiner erbrechtlichen Bestimmung über seinen Tod hinaus

---

*) Vgl. Beseler, System des gemeinen deutschen Privatrechts. 3. A. 1873. § 131 fg.

befugt. Stirbt das Familienoberhaupt, so tritt an seine Stelle diejenige ihm nächste Persönlichkeit, welche am meisten geeignet erscheint, die Leitung des Sondereigenthums fortzusetzen. Die Pflicht des Sondereigenthums, die Mission, welche dasselbe kulturmäßig für die Gesammtheit zu erfüllen hat, ist die Wurzel, aus der hierbei die Möglichkeit von dessen lebensvoller, harmonischer Bethätigung über den Tod eines einzelnen Menschen hinaus erwächst, indem in der Befriedigung des Gesammtinteresses zugleich die wirthschaftliche Versorgung derjenigen liegt, deren Fortkommen im Leben dem verstorbenen Pfleger und Förderer des Eigenthums humaner und vernünftiger Weise am nächsten liegen mußte. Die Verbindlichkeit zum Reihendienste, insbesondere Kriegsdienste, welche auf dem Grundeigenthum, d. h. dem damals ganz überwiegenden Theile des Eigenthums, haftet, ist die einzige Voraussetzung, auf Grund deren der Sohn, Bruder, Oheim oder Schwiegersohn in die Eigenthumssphäre des Verstorbenen eintritt, in welcher die unversorgten Familienglieder nach wie vor als Helfer und Unterstützer der Eigenthumspflege bleiben.

Man muß sich wohl vor dem Glauben hüten, als ob in der dem römischen Rechte entstammenden Erbfolge kraft Testament ein Bruch mit der oben ausgesprochenen objektiven Erbrechtsnorm liege. Wohl aber hat jene in ihrem praktischen Erfolge allerdings eine Verdunkelung und theilweise Verkennung dieser herbeigeführt. Der Sinn der objektiven Norm kann sowohl auf dem Wege des Testaments, als auf dem der Intestaterbfolge zu verwirklichen versucht werden. Es handelt sich bei beiden gleichmäßig darum, den kulturmäßig Nächsten als Erben zu finden. Bei der testamentarischen Erbfolge überläßt man dem Erblasser selbst, ihn zu suchen und zu bezeichnen; der Grundgedanke ist hier ebensowohl maßgebend wie bei der Intestatfolge; die Testirbefugniß ist dem Erblasser nicht um seiner selbst willen gegeben, sondern zur leichteren Erfüllung einer im Gesammtinteresse gelegenen Aufgabe, indem man als Regel festhält, daß der Erblasser, welcher seine eigene Willensmeinung in Betreff des richtigen Erben äußern dürfe, mit dieser Aeußerung auch die kulturmäßig nächste Persönlichkeit am besten treffen werde. Allein völlig ausreichen und eine Intestatfolge entbehrlich machen kann die Testir befugniß doch nie, einmal, weil von ihr in vielen Fällen gar kein Gebrauch gemacht wird und sohin durch sie überhaupt keine Erb= persönlichkeit designirt ist, sodann aber, weil in Fällen, wo ein er= richtetes Testament das in den Testator gesetzte Vertrauen so wenig erfüllt, daß es augenscheinlich und unzweideutig die objektive Erbrechtsnorm täuscht, Remedur in deren Sinne möglich blei= ben muß.

Daß die Entwicklung des römischen Testamentrechts von einem zunehmenden Subjektivismus in Vermögensangelegenheiten begleitet ist, kann gar nicht in Abrede gestellt werden. Aber die Testamente waren nur eine der Formen, in welchen der dem römischen Volks= charakter innewohnende nüchterne Egoismus und politische Hochmuth auf die Eigenthumssphäre des Einzelnen zurückbezogen wird. Diese Faktoren hatten sich längst in dem Sinne geäußert, ehe es noch Testamente gab, wie sich auf das deutlichste im altrömischen Erb= rechte zeigt, das, in seinem Uranfange vielleicht völlig eins mit dem altgermanischen, doch von diesem sich bereits vermöge der Rolle, welche Adoption und Gentilität spielen, sehr bemerkenswerth nach der Richtung des Subjektivismus hin unterscheidet; wenn trotz dieses immer riesiger und allseitiger werdenden Subjektivismus das rö= mische Gemeinwesen noch so lange und so stark fortwachsen konnte, so lag dies eben darin, daß dasselbe immer im Dienste der in den Einzelnen steckenden noch stärkeren Portion nationaler Eitelkeit blieb *).

Mit der Reception des justinianisch=römischen Rechts haben wir nicht nur das, durch das kanonische Recht schon stark angebahnte, testamentarische Erbrecht vollständig ausgeprägt erhalten, sondern auch durch Novelle 118 die von der altgermanischen Parentelenord=

---

*) Vgl. Jhering, Geist des römischen Rechtes I § 20 (das Wesen des römischen Geistes): „So läßt sich der römische Charakter mit seinen Tugenden und Fehlern als das System des disciplinirten Egoismus bezeichnen".

Verschieden von einer Idee an sich ist der Weg, auf welchem ihre Ver= wirklichung erreicht werden mag. Man kann gerne zugeben, daß in dem rö= mischen Subjektivismus ganz wesentlich die Initiative lag, welche die Rechts= sätze herausmeiselte, aber er war darum doch nicht minder im Dienste jener Idee. Vgl. Jhering, a. a. O. I § 15, 4; Köppen, System des heutigen römischen Erbrechtes p. 58 fg.

nung wesentlich abweichende Intestat-Erbfolgeordnung und zwar mit
letzterer insbesondere die Bestimmung, welche das Erbfolgerecht
auf die Verwandtschaft des Erblassers in infinitum erstreckt; in
dieser letzteren Beziehung hatte das vorjustinianische römische Recht
doch die Beschränkung bis zum 7. Grade der Verwandtschaft und
das ältere deutsche Recht bis zu dem nach kanonischem Rechte ein
Eheverbot bedingenden Blutsverwandtschaftsgrade vorgeschrieben.

Haben wir nun ein positives Erbrecht, welches den Anschauungen und Anforderungen unserer Kulturepoche entspricht?

Diese Frage müßte selbst dann entschieden verneint werden,
wenn auch in der Wirksamkeit des Erbrechtes seit anderthalb Jahrtausenden die Gewalt ihre Rolle nicht gespielt hätte. Auch wenn
wir uns alle Gewalteinwirkung wegdenken, ist und bleibt das Erbrecht, wie es geworden ist, ungenügend und zwar, um von unter-
geordneteren Dingen zu schweigen, sowohl wegen Anerkennung eines
unbegrenzten verwandtschaftlichen Intestat-Erbrechtes mit der dasselbe
begleitenden übertriebenen Testirbefugniß, als auch wegen Nichtanerkennung der verschiedenen Kulturqualität des Eigenthums bei auf-
einanderfolgenden Generationen. Diese Anerkennung und diese
Nichtanerkennung laufen in einer und derselben kulturwidrigen Spitze
zusammen und bewirken in nur zu zahlreichen Fällen, daß der Erbe,
welcher der kulturmäßig Nächste ist, nicht gefunden wird, daß in
Folge dessen aber ganze Massenschichten der Bevölkerung sich der
Segnungen des Eigenthums beraubt sehen, welches die vorhergehenden Generationen ihres Volkes auf dem Boden geschaffen
haben, der nicht etwa für diese oder jene Generation, sondern
für die historische Aufeinanderfolge aller Generationen des Volkes
da ist.

Es soll hiermit nicht etwa gesagt sein, als ob die oben für
die ältere Zeit anerkannte Berechtigung des Bodenprivateigenthums
nun für eine spätere Zeit irgendwie angezweifelt oder gar ver-
worfen werden wolle.

Was auch während eines langen Entwicklungsganges die Gewalt in Bezug auf Vertheilung des Bodeneigenthums gesündigt und
geschadet haben mag, so kann doch über den heutigen Charakter
eines in der Hauptsache durchaus der freien Verkehrsbewegung unter-

worfenen Bodeneigenthums kein Zweifel obwalten. Machen wir einen Strich unter die frühere, durch Gewalt und Unfreiheit beeinflußte Entwicklung und nehmen wir die Resultate, wie sie jetzt vorliegen, und wie sie ja wohl im Wesentlichen auf Grund der zu Gebote stehenden Kulturfaktoren nicht wohl anders hätten werden können, als durch Verjährung berechtigt an, so ist das Bodeneigenthum, aus dem hier maßgebenden Gesichtspunkte der privatwirthschaftlichen Theilung des Bodens betrachtet, gar nichts Anderes als eine Anlagegelegenheit, in welcher neu gewonnenes oder eine andre Verwendung suchendes Kapital sich niederläßt und umgeschlagen wird. Es kommt also nicht darauf an und kann damit in keiner Weise gedient sein, daß an dem Bodeneigenthum, wie an dem Eigenthum überhaupt, etwas auf sein Wesen Bezügliches geändert werde, sondern es handelt sich darum, daß jeder Angehörige einer menschlichen Generation an dem vorhandenen Erwerbsspielraume sich in einer Weise betheiligen kann, welche ihm das seiner angebornen Fähigkeit nach überhaupt mögliche Maß von Kapital zu erwirthschaften gestattet.

Daß es hieran fehlt, wissen wir, und dasjenige, woran es fehlt, ist es gerade, worüber in unserer Gegenwart eine nicht länger mehr aufzuschiebende Abrechnung gehalten werden muß.

Wenn sich leicht nachweisen läßt, daß ohne Privateigenthum, und zwar sowohl Mobiliar- als Grundeigenthum, der ökonomische Bestand keiner Gesammtheit möglich ist, wenn das Privateigenthum eine der fundamentalsten, vielleicht die fundamentalste aller socialpolitischen Kultureinrichtungen ist, so kommt alles darauf an, daß dasselbe, welches dem Einzelnen ja nicht um seiner selbst willen, sondern um des Gesammtwohls willen zugebilligt wird, im Laufe der Generationen nicht in einer für das Gesammtwohl nachtheiligen Weise ausarte. Der tüchtige Mensch im Kreise der Angehörigen einer Generation, welcher unter der schützenden Institution des privativen Eigenthumsrechtes seine Fähigkeiten so anwendete, daß er sich reichlichen Vorrath an wirthschaftlichen Gütern erwarb, indem er zugleich die Volkswirthschaft bereicherte, kann sicherlich verlangen, daß er dieses sein unter der Herrschaft der gleichen Kultur-

bedingungen, im freien wirthschaftlichen Wettlauf mit seinen Neben=
menschen errungenes Eigenthum unter dem Schutze der Gesammt=
heit auch unangefochten behalte und genieße. Niemand kann
aber verlangen, daß aus solchem Eigenthume Waffen
geschmiedet werden, welche die unter neuen, anders
gearteten Kulturbedingungen heranwachsenden Ange=
hörigen einer folgenden Generation von vorn herein
positiv unterdrücken.

Auf der Solidarität der menschlichen Generationsfolge beruht
das menschliche Gesammtkulturleben; soll dieses aber auf jener
Grundlage ein harmonisches werden, so muß man die Thatsache
anerkennen und beachten, daß die Kulturqualität und der Erwerbs=
spielraum mit jeder neuen Generation anders wird. Jede Gene=
ration steht jeder Generation als ein Ganzes gegenüber. Jede hat
in ihrem Ringen und Schaffen eine neue Welt geliefert, die sie
den folgenden Generationen übergiebt und die von den folgenden
Generationen als etwas bestimmt Gegebenes angenommen werden
muß, so wie sie ist. Man kann sie nicht mit einem Hauche so
machen, wie man sie möchte, aber man versucht ihr nun seinerseits
das Gepräge der Zeit aufzubrücken und hat der Zukunft gegenüber
seine Schuldigkeit gethan, wenn man sie dieser demnächst unter den
gleichen Bedingungen übergiebt, unter welchen man sie von der
Vergangenheit überkommen hat.

Schlimm nur, daß hiegegen schon von den ersten Anfängen
an gefehlt worden ist. Unser schon frühe ausgeartetes Erbrecht
erkennt die Solidarität der menschlichen Generationsfolge in der
Erbfolge nur sehr mangelhaft an und zwar bereits lange vor der
Zeit, ehe das justinianisch=römische Recht mit Herrschergewalt in
unser gemeines Recht eingedrungen war. Damals bereits, als der
heimische Boden vollbesiedelt war, hätten die Spätergeborenen,
denen kein Ackerloos mehr zu Theil warb, fragen können: Wo ist
der Ersatz für den Erwerbsspielraum, den ihr uns verschränkt und
verkümmert habt? Aber die fragenden Stimmen verklangen zunächst
in dem wilden erobernden Tosen der Volkskraft, welche über die
heimischen Grenzen hinausdrängte und verstummten später unter dem

Fußtritte der Gewalt. Und lange, lange zuvor, ehe die Menschen zum genaueren Bewußtsein darüber kommen konnten, welch ungesühnter Schaden denn eigentlich durch Beeinträchtigung des Erwerbsspielraumes für Angehörige späterer Generationen gestiftet worden, hatten wir schon das fremde Recht, welches das Uebel gleich auf die Spitze trieb.

Mag es doch gerade ausgesprochen sein, daß dieses heutige Erbrecht mit seiner ins Unbegrenzte gehenden verwandtschaftlichen Erbfolge stets nur eine leere Schablone, nie eine mit Lebensinhalt gefüllte Form für uns gewesen ist, daß es keinerlei feste Wurzel in dem Rechtsgefühl unserer Nation hat. Ueber einen gewissen Verwandtschaftsgrad hinaus könnte man ebensowohl eine Verlassenschaft unter allen Staatsangehörigen durch das Loos ausspielen lassen, wie man sie nach der jetzigen Einrichtung an einen nebelhaften entfernten „Verwandten" fallen läßt, deren es von dem gleichen „Verwandtschaftsgrade" vielleicht Dutzende und aber Dutzende giebt, die nur nicht mehr zu ermitteln sind. Ja, es würde vielleicht sogar diese Verloosungsmethode mit ihrer ganz unzweideutigen Klarheit dem Sinne unseres Volkes noch besser zusagen, als die — Heuchelei eines solchen „Verwandtschafts"-Erbrechtes. Es kann eben vernünftiger Weise von einer erbberechtigten Verwandtschaft da keine Rede mehr sein, wo zu Lebzeiten der betreffenden Menschen, nach der Sitte und Anschauungsweise des Volkes, gar kein Verwandtschaftsband zwischen ihnen existirt und, wenn ja etwa aufrechterhalten, doch selbst in der Regel gerade nur die Folge der bestehenden positiven Erbrechtsnorm mit den daran geknüpften Erwartungen ist. Vergegenwärtige man sich doch nur, daß, wenn von den zwei Eltern, vier Großeltern, 8 Ureltern, 16 Ur-Ur-Großeltern bis zu den Vorfahren eines Menschen in der 20. Generation hinaufgestiegen wird, diese zwanzigste Generation über eine Million Menschen umfaßt und daß, wenn man die vorhergehenden 19 Generationen noch dazu rechnet, jeder Mensch innerhalb zwanzig Generationen mehr als zwei Millionen leiblicher Vorfahren gehabt hat. Diese zwei Millionen Vorfahren eines Menschen sind natürlich nicht lauter verschiedene menschliche Persönlichkeiten; dieselbe Persönlichkeit kann mehrfach Vorfahre eines Späterlebenden sein. Aber es ist klar, wie rasch die Blutsgemeinschaft der Familien sich in die

Blutsgemeinschaft der Nation auflösen kann, und in der That auch auflösen wird, wenn bei einem Zustande der Freizügigkeit und Verkehrsbewegung, wie wir ihn haben, die Neubegründung von Familien sich immer weniger in engen, abgeschlossenen Bevölkerungskreisen vollzieht und immer umfassender entfernte Kreise aufsucht.

Die Blutsgemeinschaft ist es, wenn auch immer die kulturmäßige Lebensgemeinschaft der eigentliche tiefere Sinn ist, welche alle positiven Erbfolgerechte ohne Ausnahme als Ausgangspunkt nehmen, um den kulturmäßig Nächsten zu finden, der in die Verlassenschaft des Verstorbenen einzutreten hat. Hier kommt Alles darauf an, daß das richtige Gleichgewicht zwischen der auf den Stammvater zurückbezogenen und der in das ganze Volk auslaufenden Bluts- und Lebensgemeinschaft gewahrt wird.

Jede Generation verfügt durch die Art und Weise, wie sie den vorgefundenen Erwerbsspielraum benutzt, über das wirthschaftliche Schicksal der Spätergeborenen. Sie verkleinert, die eine mehr, die andere weniger, den natürlichen Erwerbsspielraum und schafft an seiner Stelle künstlichen. Durch das Walten der Generationen, die vor ihm gelebt und gewirkt haben, findet jeder neue Ankömmling auf der Erde den natürlichen Erwerbsspielraum verengert, den künstlichen erweitert. Es ist sein nicht abzuweisender Anspruch auf das im Generationswechsel zu vererbende Eigenthum, daß ihm daraus an künstlicher Erwerbsgelegenheit in dem Maße Vorschub geleistet werde, wie er sich in der natürlichen Erwerbsgelegenheit beeinträchtigt findet. Eine harmonische Kulturentwicklung ist nicht möglich, wenn nicht jedem neuen Ankömmling der Nation die Möglichkeit geboten ist, seine Persönlichkeit auf die Stufe hinaufzuarbeiten, mit deren Erreichung er wenigstens relativ nicht schlechter steht, als er ohne das Vorausgegangensein der früheren Generationen seines Volkes durch die bloße Thatsache seiner Geburt stehen würde. Dieser Anspruch auf einen Ersatz an künstlichem Erwerbsspielraum aus dem zu vererbenden Eigenthum der vorhergehenden Generation muß unbeschränkt jedem heranwachsenden Menschen zugebilligt werden, aber er muß auch ſtrengſtens auf dieſen Zweck beſchränkt bleiben, welcher ja der einzige und alleinige kulturmäßige Rechtfertigungsgrund des Anſpruches iſt.

Drückt ſich hierin die erbrechtliche Rückſichtsnahme aus, welche der Kulturgang der nationalen Einheit und Zuſammengehörigkeit ſchuldet, ſo iſt doch nicht geſagt, daß der hieraus erwachſende Anſpruch unbedingt in dieſer iſolirten Geſtalt auftreten müſſe. Er kann vielmehr auch und wird in der That regelmäßig in ſehr zahlreichen Fällen in der erbrechtlichen Rückſichtsnahme mitenthalten ſein, welche der auf den Stammvater zurückbezogenen Blutsgemeinſchaft gebührt. Wo die aus dem Familienbande entſpringende Lebensgemeinſchaft eines Kreiſes von Menſchen noch eine ſo innige iſt, daß das bloße Gefühl dieſer Zuſammengehörigkeit genügt, um den einen für den andern einſtehen zu laſſen, wie für ſich ſelbſt, wird man dieſem Kreiſe, inſofern ſeine Eigenthumsmittel ausreichend dafür ſind, nicht nur die generationsweiſe Wahrung der Qualität des Erwerbsſpielraumes überlaſſen, ſondern in ihm überhaupt die kulturmäßig richtigen Erbrechtsträger für das Eigenthum eines aus ſeiner Mitte Verſtorbenen zu finden haben.

Es muß demnach alles, was kraft poſitivrechtlicher Erbfolge an Eigenthum von einer Generation zur anderen übergeht, in die beiden großen Vererbungsgruppen des Familienerbes und des Volkserbes zerfallen und es handelt ſich nunmehr noch um genauere Feſtſtellung der Grenze zwiſchen beiden, ſowie um die innerhalb beider Gruppen zu geſtattende Teſtirbefugniß.

Wenn einzelne neuere poſitive Erbrechte das Familienerbrecht bei einem gewiſſen Grade abbrechen laſſen, wie das franzöſiſche Recht über den 12. Verwandtſchaftsgrad, das öſterreichiſche über die Parentel des 5. Grades der Aſcendenten kein Inteſtaterbrecht mehr anerkennt, ſo mag das, mit Rückſicht darauf, daß dann aller erbloſe Nachlaß dem Fiskus zufällt, beiläufig wohl ganz richtig gegriffen ſein. Denn hier, wo das Erbe zu allen möglichen Staatszwecken (Militär-, Polizei-, Juſtiz- ꝛc. Ausgaben) verwendet werden kann, hätte man doch ein zu bedenkliches Stück Kommunismus etablirt, wenn man das Familienerbrecht bei einem bedeutend frühern Grade der Verwandtſchaft aufhören ließe.

Anders verhält sich die Sache bei dem Volkserbe mit seinem ganz bestimmten kulturmäßigen Kausalzusammenhang. Dieses, welches seinen Zweck einerseits strengstens auf Wahrung und Herstellung der Integrität des Erwerbsspielraumes im Laufe der Generationsfolge beschränkt, andererseits aber diesen Zweck im vollsten Maße erfüllen muß, wenn nicht das Gesammtwohl empfindlich leiden und kranken soll, steht mit dem Familienerbe vollkommen ebenbürtig da und kann sohin verlangen, daß letzteres ebenfalls strikte interpretirt werde. Schwerlich würde der Rechtsüberzeugung unserer Epoche zu nahe getreten, wenn über den vierten Verwandtschaftsgrad der Civilkomputation hinaus kein Familienerbrecht mehr anerkannt würde, und daher vom fünften Grade an alle Verlassenschaften dem Volkserbe zufielen *).

Was endlich die Testirbefugniß des Erblassers anbelangt, so mag hier unerörtert bleiben, ob es nicht angemessen wäre, dem Pflichttheils- und Notherbenrecht im Bereiche des Familienerbrechts eine größere Ausdehnung zu geben, als bisher. Jedenfalls aber geht, nach dem Wesen des Volkserbes, die seitherige Testirbefugniß für dieses viel zu weit. Bei dem Familienerbrechte, wo einzelne physische Persönlichkeiten in Betracht kommen, die bald so, bald anders geartet sind, ist es gewiß in Ordnung, daß dem Erblasser eine nicht zu eng gesteckte diskretionäre Befugniß gegeben wird, um

---

*) Ein Intestaterbrecht des überlebenden kinderlosen Ehegatten sollte überhaupt nur im Sinne lebenslänglicher Nutznießung statthaft sein, könnte dann aber, solange der überlebende Ehegatte unverehelicht bleibt, allen sonstigen Verwandtschaftsansprüchen unbedingt vorgehen.

Den Umfang des verwandtschaftlichen Intestaterbrechtes, bei Bestehen des Volkserbes vom fünften Grade an, zeigt nachfolgende Uebersicht:

```
                        4 Ur-Urgroßeltern.
                        3 Urgroßeltern.
                   ┌──────────────┴──────────────────────┐
                   2 Großeltern.           4 Großonkel, Großtante.
   ┌───────────────┴───┐
3 Onkel, Tante.        1 Eltern.
4 Geschwisterkinder.      ┌────────┴────────────────┐
                          Erblasser.       2 Geschwister.
                       1 Kinder.           3 Neffe, Nichte.
                       2 Enkel.            4 Großneffe, Großnichte.
                       3 Urenkel.
                       4 Ur-Urenkel.
```

die konkreten Verhältnisse thunlichst durch richtige Bedenkung der richtigen Erben, beziehungsweise Legatare, berücksichtigen zu können. Grade beim Volkserbe aber, wo es sich um eine immerwährend feststehende Kollektivpersönlichkeit handelt und der kulturmäßige Nachweis des Zusammenhanges der Persönlichkeit des Erblassers und des Erben dadurch immer von selbst schon zur Hälfte geliefert ist, würde es eine Ungereimtheit sein, dem Erblasser über die Hälfte der Verlassenschaft hinaus Testirbefugniß zu geben. Und selbst mit der Testirbefugniß innerhalb der einen Hälfte hätte man die Erfüllung der objektiven Norm ganz und gar von seinem subjektiven Ermessen abhängig gemacht. Das Richtige dürfte wohl sein, daß die Testirbefugniß mindestens ein Dritttheil und höchstens die Hälfte einer Hinterlassenschaft zu begreifen hätte, die, wenn gar nicht testirt wäre, dem Volkserbe ganz ab intestato zufiele. Dabei könnte aber vom Standpunkte des Volkserbes aus ganz unbedenklich den Testirenden gestattet werden, den von ihnen testamentarisch Bedachten die lebenslängliche Nutzung der ganzen Verlassenschaft zuzuwenden, so daß erst nach dem Tode der Letzteren dem Volkserbe das Seinige anfiele.

Viertes Kapitel.

Des Volkes Erbe.

Des Volkes Erbe ist zur Ausbildung derjenigen Angehörigen einer Generation bestimmt, welche aus eignen Mitteln nicht vermögen, sich das der Kulturstufe entsprechende Ebenmaß an Erwerbskraft und persönlicher Vervollkommnung überhaupt zu verschaffen./_

Es ist besonders wichtig, mit allem Nachdruck darauf hinzuweisen, daß das Volkserbe nicht etwa ein Armenfonds zur Unterstützung Nothleidender sein kann./ Jede derartige Auffassung verbietet sich auf das Entschiedenste, sowohl dem tieferen Princip, als auch der nächsten oberflächlichsten Wirkung nach. Die Unterstützung Nothleidender, um je nach dem wechselnden materiellen Bedarf ihren Hunger zu stillen, ihre Blöße zu bedecken, überhaupt dafür zu sorgen, daß Mitmenschen vor dem Aeußersten des menschenunwürdigen Verkommens bewahrt bleiben, ist eine Last, welche dem, seinem Gesammtbedarf nach jährlich wechselnden, Budget des Gemeinwesens obliegt. Es besteht durchaus kein ersichtlicher Grund, diese Last dem Budget des Gemeinwesens abzunehmen, welches sie mit so vielen anderen Lasten in Konsequenz des Begriffes und Zweckes seines eigenen Bestehens zu tragen hat. Es liegt aber andererseits nicht der geringste Rechtfertigungsgrund vor, diese Last dem Volkserbe aufzubürden, welche in keiner Weise dazu da ist. Wollte man dasselbe aber doch in mißverstandenem Humanitätsdrange zu materieller Armenunterstützung verwenden, so würde man nicht nur keine Armuths ur fa ch e abschneiden (wohin das Volkserbe allerdings mittelbar wirkt und wirken soll), sondern im Gegentheile immer neue und immer bettelhaftere und verderblichere Armuth großziehen und am Ende, bei solch krebsartig weiter freffenden Ansprüchen, die ganze Menschheit in Kommunismus und Pauperismus unter= gehen laffen.

Dem Volkserbe darf Nichts entfremdet werden. Nur in der kompakten Zusammenhaltung und Verwendung für den einen großen Kulturzweck, dem es die Rechtfertigung feiner ganzen Exiftenz ver= dankt, kann es der Gefammtheit feine Dienfte leiften, nicht aber dadurch, daß man, im Hohne aller wirthfchaftlichen Möglichkeit und rechtlichen Erlaubtheit, Eigenthumsportionen an diefe oder jene Menfchen vertheilt, um dadurch die Vertheilung der Glücksgüter unter die Menfchen gleicher zu machen*), was doch auf diefem Wege immer illuforifch bleibt**

Mit diefer Verwerfung jedes felbftftänbigen materiellen Reich= niffes aus dem Volkserbe ift natürlich keine materielle Verwen= dung ausgefchloffen, die mit logifcher Nothwendigkeit im Dienfte der höheren Volksbildung fteht, für welche das Volkserbe da ift. Und hiermit find wir bei der Art und Weife angelangt, in welcher das Volkserbe für diefe Volksbildung nutzbar gemacht werden foll.

Laffen wir vorerft außer Betracht, was für die Kreife fchon Erwachfener zu gefchehen hat, und befchränken unfere Aufmerkfam= keit auf die Jugendbildung, fo tritt uns hier vor Allem, und zwar mit dem gewichtigen Nachbrucke ihrer nunmehr auch für die ärmeren Volksklaffen dargethanen Zugänglichkeit, die obenerwähnte Bürger=

---

*) Eben als Verfaffer an den letzten Zeilen des Manufcriptes fchreibt, kommt ihm die hochintereffante Abhandlung von Dr. Engel: „Der Preis der Arbeit bei den deutfchen Eifenbahnen 1850, 1859 und 1869" zu, worin es über diefe felbft heißt: „Sie ift die mit Hilfe eines umfaffenden ftatiftifchen Appa= rates ausgeführte exakte Beweisführung, daß, mehr als der Reichthum oder das Kapital, die Bildungsftufe der Menfchen die großen gefellfchaftlichen Kate= gorien fchafft und die Kreife zieht, in welchen fie fich bewegen".

**) Vgl. über diefe Richtung: Bazard, Exposition de la doctrine de St. Simon 1831 p. 172 fg.; Hilgard, Zwölf Paragraphen über Pauperismus 1847; Brater, Die Reform des Erbrechts zu Gunften der Nothleidenden 1848; Bluntfchli, Das privatrechtliche Gefetzbuch für den Kanton Zürich 1856. IV p. 67 fg.

schule oder Volkshochschule entgegen. In dieser wird immer der größere Theil des für Jugendunterricht bestimmten Volkserbes seine Verwendung zu finden haben. / Es soll damit keineswegs gesagt sein, daß das Volkserbe nicht auch verwendet werden könne und dürfe, um Unbemittelten den Durchgang durch die Realschule oder das Gymnasium, einschließlich Universität oder Fachschule, zu ermöglichen. Aber es liegt in dem Wesen der Sache, daß dies immer zu den selteneren Fällen gehören wird, weil die große Mehrzahl der unbemittelten und strebsamen Jugend über das 16. Lebensjahr hinaus doch nicht wohl umhin können wird, in die Bahnen selbstständigen Erwerbslebens einzulenken, daher aber gar keinen Real- und keinen Gymnasialunterricht, sondern grade nur den Unterricht der Volkshochschule brauchen kann.

Der Einwand liegt nicht fern, daß die Nothwendigkeit, mit der Praxis des Erwerbslebens zeitig anzufangen, auch auf der Frequenz der Bürgerschulen erdrückend lasten könne, daß die große Masse der ärmeren Jugend sich lieber mit dem Kulturminimum, welches die obligatorische Elementar-Fortbildungsschule bei Freilassung von erheblich mehr Erwerbszeit bietet, begnügen werde, anstatt nach dem fakultativen Unterrichte der Bürgerschule zu greifen, welche ein höheres Bildungsmaß gewährt, dafür aber, so lange die Schuljahre dauern, die Persönlichkeit der Schüler ganz überwiegend für sich beansprucht. Diese Schwierigkeit kann nicht dadurch aus der Welt geschafft werden, daß das Volkserbe das Gebühren-Schulgeld für alle zu dessen Aufbringung nicht genügend bemittelte Schüler bezahlt. Was wird das helfen, wenn man dem Schüler die geistige Nahrung umsonst darbietet, während er körperlich hungert? Allein glücklicher Weise steht die Sache nicht so. Es kann nicht den geringsten principiellen Bedenken unterliegen und heißt nur im Sinne des Volkserbes handeln, dessen Kulturidee damit erst zu voller Lebenskraft gelangt, wenn allen am höheren Unterricht theilnehmenden Schülern, welche so arm sind, daß sie durch Darben und Entbehren an dem ferneren Schulbesuch gehindert würden, aus dem Volkserbe gerade soviel materielle Beihülfe gewährt wird, als nöthig ist, um die correspondirenden geistigen Interessen zu wahren. Daß hierbei die verschiedensten Gradationen möglich sind, daß die aus dem

Volkserbe gewährten materiellen Beihilfen von vereinzelten ganz gelegentlichen Reichnissen an Schüler bis zu förmlichen mit den Schulen verbundenen Alumnaten zu gehen haben werden, ist klar.

Etwas Anderes als die principielle Zulässigkeit ist aber die praktische Ausführbarkeit und damit rückt die numerische Bedeutung und Beziehung des Volkserbes für die Gegenwart heran.

Wir gehen von der Annahme aus, daß das Volkserbe, welches später, wenn es erst recht vollständig in das Bewußtsein und die Lebensanschauung der Menschen eingedrungen sein wird, in Folge sich mehrender freiwilliger Zuwendungen und wachsenden Volkswohlstandes bedeutend höhere Erträgnisse aufweisen wird, zunächst und in aller Bälde nach der Einführung auf keinenfalls weniger als dreißig Millionen Thaler jährlich für das gesammte deutsche Reich veranschlagt werden darf*).

---

*) Es steht verschiedenes Material zu Gebote, um diese Veranschlagung vorzunehmen. In hohem Grade brauchbar hierfür dürften noch immer die von Hock, Finanzverwaltung Frankreichs p. 625 gemachten Angaben sein, da keine andere Finanzpraxis auf so ausgedehntem Gebiete den ungeheuerlichen Apparat des Enregistrementes so lange und so consequent gehandhabt hat. Und gerade das Frankreich von 1854 kann mit dem Deutschland von 1874 wohl getrost in Parallele gesetzt werden, ohne daß man sich einer Uebertreibung zu Gunsten des letzteren schuldig machte.

Unter den innerhalb Jahresfrist durch Todesfall stattgehabten Eigenthumsübertragungen haben wir demnach zu registriren: 379 Mill. Fr. an Seitenverwandte, 203 an Ehegatten, 74 an Nichtverwandte. Da der erblose Anfall (über den zwölften Verwandtschaftsgrad) an den Fiskus 0,4 Mill. Fr. beträgt, so haben wir für die Seitenerbschaften eine fallende dreizehngliederige Reihe, deren erstes Glied 379, deren letztes 0,4 ist und welche demnach einen Koëfficienten von 0,54 ergiebt. Es würden folglich an Kollateral-Hinterlassenschaften über den vierten Grad hinaus für das Volkserbe rund 60 Mill. Fr. jährlich erfallen, oder, wenn man annimmt, daß die Erblasser erheblichen Gebrauch von der Testirbefugniß machen und daß in den 379 schon gar manche Testaterbschaften stecken mögen, doch immer noch reichlich 35 Mill. Dazu käme dann der Antheil von den 277 Mill. an Ehegatten und Nichtverwandte, welche Summe immerhin ganz als aus Testaterbschaften bestehend angenommen und deren volle lebenslängliche Nutznießung für die Bedachten als gestattet und angewendet vorausgesetzt werden mag. Hieraus wäre der demnächst zu percipirende Antheil des Volkserbes, wenn man diesem ein Pflichttheil von nur 50 Proc. vorbehält: 138½ Mill. Fr.; dazu obige 35 Mill., so erhält man einen Jahresertrag des Volkserbes von 173½ Mill. Fr. oder rund 46 Mill. Thaler.

Aus diesen 30 Millionen Thalern wären vorerst die Kosten für die unbemittelten Besucher der Bürgerschulen zu bestreiten. Solcher Schulen würden für das deutsche Reich wohl nicht weniger als 2000 erforderlich sein, wenn man je eine auf etwa 30 der seither bestandenen Elementar-Volksschulen rechnet. Da jene Bürgerschulen als ein nicht länger zu entbehrendes Glied unseres höheren Unterrichtswesens erscheinen und ihre Zahl von 2000 sich auch wohl als eine von der staatlichen Unterrichtspolitik nicht abzuweisende geographische Nothwendigkeit wird darthun lassen, so unterliegt es keinem Zweifel, daß die Kosten der Anstalten, gleichwie diejenigen der Gymnasien und Realschulen, auch aus öffentlichen, d. h. Staats- und Gemeindemitteln in erster Linie zu bestreiten sind und nur ein theilweiser Ersatz der Kosten im Gebühren-Schulgelde gesucht werden darf. Man wird die laufenden jährlichen Kosten (also die erste Einrichtung ungerechnet) der 2000 Anstalten auf 12 Millionen Thaler anzunehmen haben, wovon $\frac{1}{3}$ mit 4 Millionen durch Gebührenerhebung gedeckt werden könnte. Um nun zu wissen, wie stark das Volkserbe bei dieser Gebührenentrichtung betheiligt sein würde, muß man einen Blick auf die Elementar-Volksschulen werfen, aus welchen jene Anstalten ihr Schülercontingent erhalten.

Von den rund drei Millionen Besuchern männlichen Geschlechtes der Elementarschule würde in der ersten Zeit nach Einführung des Volkserbes mindestens die Hälfte in denselben haften bleiben und nicht über das Minimum des obligatorischen Fortbildungsunterrichtes hinauskommen. Man darf ja gewiß erwarten, daß sich dies Verhältniß allmählig bessern wird*), daß die Zahl derer abnimmt, die unfähig und empfindungslos den durch das Volkserbe gebotenen Aussichten gegenüber verharrt, und deßhalb mit der bloßen Nothdurft an menschlicher und berufsmäßiger Ausbildung vorlieb nehmen muß, aber man soll sich doch ja keiner Täuschung über das sofort

---

*) Für Jemanden, der die Grundbegriffe der Volkswirthschaftslehre hinter sich hat, wird die etwaige Frage „Wohin denn demnächst mit einer solchen Masse hochgebildeter Arbeiter"?, kaum gestellt, auch schon fast von selbst beantwortet sein. Abgesehen nämlich davon, daß stets und überall eine kaum zu zählende Menge von Erwerbsgelegenheiten da ist, denen augenblicklich und ganz unvermittelt aufs höchste mit intelligenteren Arbeitern gedient wäre, schließt ein

zu erzielende Resultat hingeben. Nimmt man an, daß der Ueber=
tritt aus der Elementarschule in die Bürgerschule mit dem 12. Jahre
zu erfolgen hat, so daß eine Schuldauer von je 5 Jahren auf jede
der beiden Anstalten käme, so würde von den obigen höchstens
1 1/2 Millionen Schülern, wenn die Abzüge für andere Schulen,
durch Auswanderung, Todesfall 2c. gehörig in Rechnung gezogen
werden, wohl äußersten Falles 1 Million übrig bleiben, was eine
durchschnittliche Frequenz von etwa 400 Schülern auf die fünf=
klassige Bürgerschule ergäbe. Betrachten wir von diesen Schülern
ohne Weiteres 3/4 als außer Stande zur Schulgeldzahlung, so hätte
hierfür das Volkserbe jährlich 3 Millionen Thaler aufzubringen.
Von den Schülern, welchen das Volkserbe das Schulgeld leistet,
werden wiederum nicht unter 300,000 mehr oder weniger auf ma=
terielle Subvention angewiesen sein, wenn sie in den Stand gesetzt
werden sollen, an dem Unterrichte erfolgreich Theil zu nehmen.
Veranschlagt man dieses Reichniß durchschnittlich auf den Kopf zu
40 Thaler jährlich, so wären dies 12 Millionen Thaler, welche
mit obigen 3 Millionen Thalern zusammen einen Aufwand des Volks=
erbes von 15 Millionen Thalern auf die Bürgerschulen beziffern
würden.

Hierzu können gleich die Ausnahmsfälle gezählt werden, in
welchen einzelne entsprechend begabte und strebsame Jünglinge, statt
der Bürgerschule, die Realschule oder das Gymnasium 2c. durch=
machen, und mag für diesen Posten summarisch 1 Million Thaler
ausgeworfen sein.

Und ferner wäre, im Anschluß an die bis hierher jährlich zur
Verwendung vorliegenden 16 Millionen Thaler, der Kostenaufwand
für die über die Sphäre der Elementar=, einschließlich Fortbildungs=
schule, hinausgehende Ausbildung der entsprechenden Mädchenzahl

____

derartiges Tüchtigerwerden einer derartigen Zahl von Arbeitern eo ipso eine un=
übersehbare Menge neuer Erwerbsgelegenheiten auf, beziehungsweise, verbessert in
einer das Seitherige weitaus überragenden Weise die schon bestehenden Erwerbs=
gelegenheiten. Damit eröffnet sich für uns die Perspektive eines wirthschaftlichen
Aufschwunges, gegen welchen Alles, und auch das Staunenswertheste, was bis
jetzt geleistet wurde, als unbedeutend erscheint. Es heißt nur: die gebundenen
Leistungskräfte entfesseln, latente Arbeit in offenbare Arbeit verwandeln. Vgl.
auch Umpfenbach, Volkswirthschaftslehre § 38, 90.

in Anſatz zu bringen. Da hier die Extenſität und namentlich die Intenſität eines höheren Unterrichtes geringere Anſprüche ſtellt, als bei den Knaben, und da das hier vorliegende Bedürfniß in der Hauptſache wohl füglich theils durch Extrakurſe neben der Elementar-Fortbildungsſchule, theils durch Filialkurſe in Zuſammenhang mit der Bürgerſchule befriedigt werden kann, ſo möchte die Einſtellung eines Jahresbetrages von 4 Millionen Thalern wohl völlig genügen, womit dann zuſammen 20 Millionen Thaler jährlich aus dem Volks-erbe abſorbirt wären.

Die zur Verwendung dann noch übrig bleibenden 10 Mill. Thlr. würden ſich vorerſt eine angemeſſene Reihe von Jahren hindurch einen jährlichen Abzug von etwa 1 Mill. gefallen laſſen müſſen, die als Amortiſationsrate für den Antheil des Volkserbes an den nöthigen baulichen Einrichtungen zu gelten hätte.

Ein ſehr wichtiger Punkt wäre ſodann die Einrichtung einer paſſenden Zahl von Volksbibliotheken durch das ganze Land. Würden hier die belehrendſten und fruchtbarſten Literaturwerke richtig ausgewählt und in Maſſenauflagen hergeſtellt, ſo könnte dieſer Zweck mit verhältnißmäßig geringen Koſten erreicht werden. Für etwa 60,000 ins Auge zu faſſende Volksbibliotheken, welche in ihrem Umfange den lokalen Anforderniſſen gerecht zu werden hätten, würde ein jährlicher Aufwand von 5 Mill. Thlr. genügen können, um Bildungsſchätze unter das Volk zu verbreiten, die in ihrer Trag-weite als ganz unermeßlich erſcheinen.

Der eben erwähnte Zweck könnte ſehr füglich in einen organi-ſchen Zuſammenhang mit Bildungsvereinen Erwachſener zu gegen-ſeitiger Anregung und Ergänzung gebracht werden, wofür eine jährliche Dotation von etwa 1 Mill. ſicherlich gerechtfertigt ſein würde.

Würde nun noch ein Jahresbetrag von 1 Mill. als Reſerve vorbehalten, um daraus die erforderlich werdenden Ergänzungen und Nachhülfen zu leiſten, ſo wären immer noch 2 Mill. verfüg-bar, um eine Einrichtung zu begründen und zu erhalten, aus wel-cher für die Volksbildung Großes erwartet werden darf. Wir meinen die Anſtellung von ein- bis zweitauſend Wanderlehrern. Dieſe würden, theils in beſtimmten ihnen angewieſenen Bezirken in regelmäßiger Reihenfolge ihren Obliegenheiten nachzukommen, theils einzelne ihnen speciell zugewiesene Lehraufträge zu erfüllen haben. Die hierin liegende Möglichkeit, durch qualificirte Lehrkräfte Bildungsstoff an Orten und bei Gelegenheiten auszustreuen, wo sonst nie die Rede davon sein könnte, verleiht den Bestrebungen zur Volksbildung eine mächtige und ja nicht zu unterschätzende Expansionskraft.

Das Volkserbe, wie es in den vorstehenden Kapiteln zu begründen versucht wurde, ist ein stets geahntes Kulturprincip, welches mit wachsender Stärke auf seine Erfüllung hindrängt. Wird es unserm schon zur Neige gehenden Jahrhundert, welches an gewaltigen Erfolgen so reich ist, noch vergönnt sein, das Kulturprincip in Leben und Wirklichkeit zu rufen und mit einem der stolzesten seiner Namen das Jahrhundert der errungenen Massenbildung zu heißen?

In ziemlich weiten Kreisen hat sich glücklicher Weise schon die Ueberzeugung Bahn gebrochen, daß die sogenannte sociale Frage gleichbedeutend ist mit der ganzen Kulturaufgabe der Menschheit, daß es also nie möglich sein wird, jene Frage in einem gegebenen Momente mit einem Schlage zu lösen, sondern daß jede Epoche das ihr zu Gebote stehende Material herbeizuschaffen und zu verwenden hat, damit der Bau wachse und allmählig fertig werde.

Für unsere Zeit, die Zeit der unbeschränktesten äußeren Freiheit und inneren Selbstverantwortlichkeit des Individuums, welche die Weltgeschichte je noch gekannt, kommt es nun mehr als je darauf an, daß das entsprechende Komplement von innerer Freiheit und äußerer Selbstständigkeit für die Masse der Bevölkerung gewonnen werde.

Sehen wir dem, was vorliegt, fest und offen ins Auge, so kann keine Täuschung darüber möglich sein, daß mit weiterem Zögern Gefahr und zwar große Gefahr verbunden ist. Es ist schon viel zu lange temporisirt worden. Das soll kein Vorwurf nach irgend einer Seite hin sein, aber das kann, und zwar bald, zum schlimmen Verhängniß nach allen Seiten hin werden. Jeder Bau, der bestehen soll, muß seinen Fundamenten entsprechen, und wir bauen ganz leichtsinnig auf mangelhaften Fundamenten. Wir bauen mit einer Raschheit, die wohl dem Tempo unsrer Kulturstufe entspricht, aber wir bauen unsolid. Mit dem Steigen der Kultur werden die Kulturepochen kürzer und drängender; es vollziehen sich auf höherer Stufe in einem Dezennium Entwicklungen, die auf entsprechend tieferer Stufe Jahrhunderte oder gar Jahrtausende gebraucht haben. Wir sind in einer acuten Uebergangsperiode begriffen. Wir haben die volle Wirksamkeit des freien Waltens der Individualität jedes Menschen zugelassen, aber wir haben keine geeignete Vorkehrung getroffen gegen lawinenartiges und zerstörendes Walten dieser Wirksamkeit. Poche man nur immerhin darauf, daß das Individuum von heute im Durchschnitte gebildeter sei, als das von früher. Die Thatsache wird sich nicht in Abrede stellen lassen. Aber ebensowenig ist die Thatsache wegzuleugnen, daß, verglichen mit den Aufgaben unsrer Kulturepoche, die Rohheit, Verkommenheit und Verwahrlosung der Individualität bei der Masse unserer Bevölkerung in erschreckender Zunahme begriffen ist. Der wüste Fanatismus, das dummdreiste Aufpochen, die Rath- und Hülflosigkeit, sowie mehr als das eingeträbelte Alltagseinerlei geleistet werden soll, der Mangel an sittlichem Halt, an gesundem Wollen und Können, an klarem Bewußtsein über menschliche Lebensbedingungen — alles dies, was sich nicht etwa blos sporadisch, sondern nur zu ausgedehnt in den Massenschichten unserer Bevölkerung zeigt, weist mahnend und drängend darauf hin, daß für das Gleichgewicht unserer Weiterentwicklung ein Faktor fehlt, den wir ohne die schwerste und ernstlichste Schädigung unsrer Gegenwart, wie der ganzen Zukunft nicht lange mehr entbehren können.

Verlag der Weidmannschen Buchhandlung in Berlin.

Druck von Breitkopf und Härtel in Leipzig.